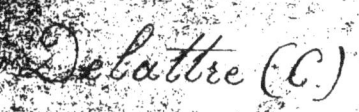

Delattre (C.)

LES PHÉNOMÈNES

DE LA NATURE

2ᵉ SÉRIE GRAND IN-8ᵒ.

LES

PHÉNOMÈNES

DE LA NATURE

PAR

CHARLES DELATTRE.

LIMOGES
EUGÈNE ARDANT ET Cie,
ÉDITEURS.

LES PHÉNOMÈNES

DE LA NATURE

PREMIÈRE PARTIE

I. — Premier âge de la terre et des planètes; âge d'incandescence.

Notice : WILLIAM HERSCHELL.

L'espace renferme deux sortes de corps célestes, les soleils ou étoiles et les planètes.

Les soleils sont des sphères immenses, centres d'ondulations éthérées lumineuses d'où s'échappent des rayons qui parcourent l'espace et vont éclairer les planètes. Les soleils étaient appelés autrefois étoiles fixes, parce qu'on les croyait immobiles ; mais il est aujourd'hui démontré que tous les corps célestes ont un mouvement de progression dans l'espace.

Les planètes, dont le nom vient du mot grec *planètes*, (*planètos*), qui signifie errant, sont des globes opaques, qui réfléchissent la lumière irradiée par le mouvement des soleils. De même que les étoiles, les planètes doivent être en nombre prodigieux, car chaque soleil doit servir de centre de gravitation à plusieurs d'entre elles ; mais nous ne connaissons que les planètes de notre système solaire, parce que l'éloignement des autres ne nous permet pas de les apercevoir ; nous jugeons de leur existence par analogie. Notre soleil étant une étoile destinée à servir de centre lumineux et attractif aux onze planètes qui l'entourent, il est permis de présumer qu'il en est de même des autres soleils, qui ont certainement leur part d'action dans l'accomplissement des volontés divines ; et nous ne pouvons admettre que des sphères d'un volume qui effraie l'imagination, placées à des distances si grandes dans l'espace, que nos meilleurs instruments d'optique les découvrent à peine, aient été créées dans le seul but d'être utiles à la terre, qui n'est qu'un atôme relativement à elles.

Onze planètes gravitent dans leur orbite elliptique autour du soleil. Ce sont : Mercure, Vénus, la Terre, Mars, Vesta, Junon, Cérès, Pallas, Jupiter, Saturne, Uranus, appelée encore Herschell, du nom du célèbre astronome anglais qui a découvert son existence (1).

Le soleil et ses onze planètes, sortis de la masse du chaos au même instant, se sont groupés d'après leur pesanteur. Le soleil, dont la masse surpasse celle de toutes les onze planètes et comètes réunies de son système, occupa le centre ; les autres globes se placèrent autour de lui, obéissant à l'attraction qu'il exerça aussitôt sur eux, à des distances qu'ils occupèrent en raison de leur densité, de sorte que Mercure, qui est le plus dense, se trouva le plus près. Mais si le soleil attira les planètes, les planètes exercèrent aussi une attraction sur lui et en même temps les unes sur les autres. De ces attractions combinées, jointes au mouvement rapide et rectiligne qui animait probablement la masse chaotique au moment de sa division, résultèrent des orbites que les planètes décrivent autour du soleil, sans altération dans la circonférence de ces orbites, malgré l'accumulation des siècles. On démontre en physique, par

(1) Herschell (William), né en 1738 à Hanovre, mort en 1822, était fils d'un habile musicien. Il exerça lui-même quelque temps la profession de son père, vint en 1759 se fixer en Angleterre, où, pendant quelques années, il vécut péniblement du produit de ses leçons, fut nommé organiste à Halifax, puis à Bath, et vit dès-lors sa position s'améliorer. Conduit par l'étude de la musique à celle des mathématiques et de là à l'astronomie, il ne cultiva d'abord la science que comme délassement ; mais bientôt y ayant obtenu de brillants succès, il abandonna son état, et se livra tout entier à ses nouvelles études. Trop pauvre pour acheter des télescopes, il se mit à en fabriquer lui-même (1774) ; il ne tarda pas à fabriquer des instruments plus parfaits et plus puissants que tous ceux que l'on connaissait, (entr'autres un télescope long de 39 pieds anglais, ou 12 mètres). Protégé par Georges III, il devint membre de la société royale de Londres, et membre correspondant de l'Institut de France.

une expérience très simple, comment l'attraction solaire, unie à la tendance des planètes à reprendre le mouvement rectiligne primitif, produit la marche circulaire ; il suffit d'attacher une balle à une corde, puis d'imprimer un mouvement circulaire à ce petit appareil, la main et la corde retenant la balle, remplissent le rôle attractif du soleil, et la tendance de la balle à s'échapper en ligne droite est analogue à la même tendance chez les planètes ; de là vient le mouvement de rotation de la balle. Or, si la main abandonne subitement la corde, on voit la balle s'éloigner, en décrivant une ligne parfaitement droite au moment du départ ; nul doute donc que la main et la corde ne soient cause de la rotation. Il en est de même de l'attraction solaire, et si elle venait à cesser, chaque planète sortirait à l'instant de son orbite, en suivant une ligne droite à partir du point de l'orbite qu'elle occupait.

Que de grandeur et de simplicité dans l'effet comme dans la cause ! Quelle sagesse infinie dans l'arrangement de ce mécanisme !

Le soleil et les planètes en mouvement autour de lui, ont donc été retirés du chaos et lancés dans l'espace au même instant, fait prouvé par leur arrangement et leur marche uniforme.

Ces grands corps étaient-ils tous alors dans le même état ? c'est ce que nous allons chercher.

Les planètes et le soleil sont des corps, puisque l'on donne le nom de corps à toute portion de matière libre et limitée par des surfaces. Les corps, quels qu'ils soient, ne peuvent exister que sous trois états : l'état solide, l'état liquide, l'état gazeux ou aériforme.

Les corps solides que l'on fait tourner rapidement et circulairement sur eux-mêmes, ne changent pas de forme, à moins qu'ils ne soient excessivement élastiques ; or, les planètes, ayant toutes une forme plus ou moins sphérique, si elles étaient solides en sortant du chaos, elles n'ont dû éprouver aucune altération à la surface, et être aujourd'hui telles qu'elles étaient alors ; mais l'étude du globe terrestre prouve qu'il n'en a pas été ainsi. Donc les planètes n'étaient pas à l'état solide à leur naissance, ou bien il y a eu exception pour la terre.

Le globe terrestre n'étant pas solide, il n'a pu être que liquide ou gazeux, et peut-être l'un et l'autre à la fois.

Tout prouve en effet qu'il a été primitivement dans ces deux premiers états, et l'on ne conçoit pas pourquoi il n'en aurait pas été ainsi des autres planètes.

Un corps liquide ou gazeux, qui se meut rapidement et circulairement sur lui-même, prend la forme d'une sphère ou d'un sphéroïde, c'est-à-dire d'un globe plus ou moins aplati aux extrémités de son axe de rotation, et renflé à son centre ; n'est-ce pas là en effet la figure de la terre et des planètes, figure due au mouvement de rotation sur elles-mêmes que les planètes reçurent conjointement au mouvement de gravitation, autour du centre attractif solaire ? La terre et les autres planètes étant sphériques et ayant un mouvement de rotation, elles ont donc reçu cette forme parce qu'elles étaient en liquéfaction,

Appelez actuellement, mes amis, à l'aide de votre intelligence, les notions de physique qui vous ont été données dans les cours du collége, vous vous souviendrez que le calorique, un des quatre fluides impondérés, agents généraux de la nature, ou, si vous l'aimez mieux, suivant une autre théorie plus rationnelle, un des quatre phénomènes produits par l'éther en combinaison avec la matière, vous vous souviendrez, dis-je, que le calorique est la cause de l'état liquide et de l'état gazeux des corps.

Des masses telles que la terre et les planètes mises en liquéfaction et en vapeurs ! Quelle prodigieuse accumulation de calorique n'a-t-il pas fallu pour produire un semblable phénomène ? Quel imposant spectacle devaient présenter aux intelligences célestes ces globes incandescents parcourant rapidement l'espace ? Un soleil de feu jetant ses rayons sur des sphères de feu qui semblent vouloir rivaliser d'éclat avec lui. Et au sein de ces mondes en ignition, quels impétueux mouvements ! quelles tempêtes horribles ! Des jets de flammes, des vagues de métaux brûlants s'élançant dans une atmosphère de vapeurs épaisses également incandescentes ; des chocs électriques, des détonations épouvantables, capables de briser en éclats les plus hautes montagnes de notre âge ; des combinaisons et des décompositions instantanées, l'or, le fer, l'argent liquide s'unissant au soufre bouillant, se vaporisant, prenant place au sein des vapeurs atmosphériques, retombant en pluie brillante et lumineuse. Désordre, chaos, choc des éléments, incendie, foudres éclatantes, tels étaient les phénomènes qui déchiraient les entrailles, la surface et les abîmes atmosphériques des jeunes mondes naissants.

Cependant les siècles passaient : la cause qui avait produit la température incandescente des globes planétaires, n'agissait plus sur ces globes depuis leur sortie hors du sein ténébreux du chaos ; soumis aux lois physiques imposées par le Créateur à la matière, ils se refroidissaient peu à peu. L'atmosphère commençait à se purifier ; une grande quantité de substances métalliques et de substances minérales, que la chaleur maintenait à l'état de gaz, devinrent liquides, se précipitèrent sur l'océan de feu formant la masse la plus dense, le noyau planétaire; une croûte solide naissante sépara peu à peu les vapeurs flottantes des métaux brûlants et liquides. Alors une lutte terrible s'engagea entre le noyau brûlant et l'enveloppe solide qui tendait à l'ensevelir sous sa vaste voûte. Des gaz comprimés sous les terrains nouveaux se livrant à leur force d'expansion, déchirèrent çà et là les couches solidifiées et cristallisées; des roches de quartz, des aiguilles granitiques se soulevaient et se transformaient en montagnes, poussées qu'elles étaient par le bouillonnement intérieur; puis les sommets de ces hauteurs s'ouvraient et donnaient passage à des torrents de laves embrasées, à des fleuves de métaux en fusion; alors les montagnes s'écroulaient avec fracas, et elles disparaissaient dans l'abîme bouillonnant qui reprenait comme un conquérant sa domination primitive à la surface de la planète. Des îles de granit se cristallisaient ensuite au milieu de la mer de feu, l'attraction moléculaire et le refroidissement des montagnes se formaient pour éprouver d'autres déchirements et disparaître sous l'action incessante et destructive des commotions intérieures. Ce n'était qu'instabilité, que création et ruines de continents qui s'essayaient à surgir du sein de l'abîme. Au milieu de cette lutte de l'enveloppe solide et de la masse brûlante planétaire s'écoula encore une seconde période de siècles.

II. — Deuxième âge du globe terrestre. — Formation des mers primitives. — Apparition de la vie sur la terre. — Les végétaux et les mollusques.

Enfin, l'océan de feu fut vaincu, ses vagues de métaux brûlants, emprisonnés dans une sphère de granit, ne se jouèrent plus au milieu de l'air, soulevés en marée de laves par l'attraction combinée de la lune et du soleil ou accumulés en vagues mugissantes, en trombes sulfureuses par les tempêtes atmosphériques. Le calorique primitif qui pénétrait la matière planétaire se dissipait peu à peu dans l'espace selon les lois du rayonnement. Mais que de révolutions devait encore subir la surface solide de la terre avant que d'être apte à servir d'habitation à l'homme ! Faible encore, cette surface éprouvait d'horribles secousses causées par l'expansion des vapeurs, par l'agitation du noyau central brûlant. Quelle force ne devait-il pas avoir alors, ce centre terrestre en ignition, puisqu'après tant de siècles écoulés, il produit encore, dans l'âge où nous sommes, les tremblements de terre et les éruptions volcaniques ! Ses convulsions intérieures ont élevé vers les cieux les pics pyramidaux dont la tête, couronnée de glaces et de neiges perpétuelles, domine la région des nuages. La chaîne des Alpes dont le réseau couvre l'Europe, les étages des monts abruptes et sourcilleux entassés les étendaient, les unissaient, rétablissaient la voûte écroulée ; d'autres dans l'Asie centrale, doivent leur existence à la puissance expansive des vapeurs qui s'échappaient de l'abîme central enflammé.

Quelquefois ces vapeurs déchiraient la voûte terrestre après l'avoir secouée avec fureur ; des jets de feu s'élançaient aussitôt avec force, la matière métallique en fusion surgissait au dehors, se répandait en nappe étincelante, se solidifiait, et ainsi augmentait çà et là l'épaisseur de l'enveloppe granitique.

Cependant la masse planétaire liquide ne pouvait se refroidir et se solidifier sans que l'atmosphère n'éprouvât aussi un abaissement considérable dans sa température ; alors il subit une première épuration. Les vapeurs se condensèrent, l'oxygène s'unit à l'hydrogène et forma l'eau, l'eau primitive chargée de chaux, de potasse et d'une multitude de matières acides, oxydées, salines. Des nuages aux flancs noirs s'accumulèrent, la foudre éclata dans tous les points du ciel avec le plus horrible fracas, la plus épouvantable des tempêtes sembla vouloir anéantir le globe, des torrents d'eau se précipitèrent, roulèrent avec fracas sur les pics de granit, rongèrent leurs flancs, entraînèrent des blocs de rochers, remplirent les bassins naturels, débordèrent, couvrirent, envahirent toute la surface du globe.... L'Océan existait.... mais plus vaste qu'il ne l'est de nos jours ; l'eau partout, une mer sans rivage, point d'autres terres que des îles de peu d'étendue, semées sur l'immensité des ondes et marquant la direction des plus hautes chaînes de montagnes primitives. Après le feu, l'Océan dominait. Ce fut là le premier des grands cataclysmes qui bouleversèrent notre globe ; l'ère des déluges venait de s'ouvrir.

L'air, débarrassé de cette masse énorme de liquide, prit de la transparence ; la lumière du soleil, les rayons lunaires et stellaires purent le traverser ; les roches, les eaux, pour la première fois, brillèrent des teintes qu'ils empruntent aux rayons lumineux.

Qu'elle dût être brillante, cette lumière, lorsque ses premiers flots descendirent sur le sein immense du vaste Océan ? Nos yeux ne pourraient supporter un éclat aussi vif que celui qu'elle avait alors, car l'air n'avait pas les mêmes éléments que nous lui connaissons aujourd'hui, et le carbone (1) entrait pour une quantité considérable dans sa composition ; or le carbone, substance très combustible, est doué d'une grande puissance de réfraction, témoin le diamant !

La température du globe était encore très élevée ; celle de la surface du peu d'îles qui existaient, modérée par l'énorme évaporation de l'Océan, dépassait la température des régions équatoriales actuelles. L'eau, la chaleur et la lumière se combinant, la vie ne devait pas tarder à apparaître. Elle se signala dans la forme végétale ; les conditions nécessaires pour la vie animale n'existaient pas encore. Les rochers exposés au choc des vagues océaniques se colorèrent en vert par l'accumulation du globule végétal atomistique, premier élément de la plante. Bientôt les molécules vertes s'agglomérèrent, produisirent des ulves, des conferves, d'immenses sargassums et autres fucacées (2). Des débris de ces végétaux naquirent sur la plage des mousses, des fougères, mais bien différentes des humbles plantes que nous désignons sous ce nom ; l'énergie vitale des végétaux, favorisée par l'humidité, la chaleur et surtout par l'atmosphère carbonique, était alors si grande, que l'élévation des géants de nos forêts serait égalée par ces mousses et ces fougères du premier âge de la vie. Les bambous, les rotans, les palmiers, végétèrent aussi à cette époque et atteignirent des proportions non moins gigantesques.

Des couches profondes de l'écorce de notre globe, le savant Brongniart a exhumé les débris de la botanique de cet âge primitif ; et l'absence totale d'animaux au milieu de ces débris, l'impossibilité où ils auraient été de vivre, prouve la vérité du récit du législateur hébreu, qui affirme positivement que les herbes et autres plantes furent créées avant les animaux.

Cependant un immense travail s'opérait, celui de la formation des continents ; les eaux de l'Océan primitif déposaient peu à peu,

(1) Le carbonne ou charbon est un des cinquante-quatre corps élémentaires de la chimie moderne.

(2) Plantes marines.

par suite du refroidissement progressif, les sels de chaux et autres qu'elles contenaient; les molécules salines, attirées principalement par les montagnes sous-marines, se déposaient en couches horizontales sur leurs flancs, s'étendaient sur leurs racines, haussaient le fond de l'Océan, augmentaient la circonférence des îles, comblaient l'intervalle des petites vallées de séparation, unissaient les archipels en un tout continu; la terre ferme envahissait les domaines de l'Océan. Dans ces âges reculés, l'action du noyau central brûlant sur la surface solide, bien que s'affaiblissant d'année en année, était encore énergique; les convulsions des tremblements de terre soulevaient d'immenses étendues de la croûte terrestre au-dessus des flots, pour en faire des continents éphémères. Ici le bassin océanique, déchiré par une commotion, voyait ses ondes mêlées à des vagues de feu faisant une irruption soudaine; la chaleur subite transformait instantanément en vapeur des masses d'eau capables de remplir le lit de nos plus grands fleuves, mais refroidie rapidement; la lave métallique, qui avait franchi les limites de ses abîmes, se solidifiait en longues colonnes prismatiques de basalte (1). C'est à de semblables éruptions sous-marines que sont dus ces phénomènes basaltiques connus sous le nom de Grotte de Fingal et de Chaussée des Géants. Sur un autre point, les bassins des mers éprouvaient des dépressions considérables, qui les transformaient en réservoirs profonds, et mettaient à sec de nouvelles étendues de terrain que la végétation décorait aussitôt de sa verte et brillante parure.

Mais ce n'étaient pas les terres seulement que le mouvement de la vie fécondait; dans le vaste sein de l'Océan naissaient les mollusques ou animaux à coquilles, les immenses ammonites (2) aux volutes recourbées, les orthoératites, les nummulites et une foule d'autres, dont les analogues ne se retrouvent plus que dans les mers équatoriales; les poissons commençaient à fendre les flots dans leurs courses capricieuses, et à se jouer dans les mystérieuses retraites sous-marines.

L'œuvre de la cinquième époque de la création s'avançait : jour employé à la production des poissons. Restait, pour terminer complètement cette œuvre, à créer les oiseaux; mais l'air, chargé de carbone ou charbon, était impropre à la respiration des êtres doués de poumons. Il se fit donc une nouvelle dépuration de l'atmos-

(1) Roches dures et noires formées par l'action des feux souterrains.
(2) Sortes de coquilles.

phère. Dans une commotion qui dut être violente, à en juger par les traces qui en subsistent encore, mais dont nous ne pouvons connaître la cause, il se fit un précipité subit et instantané du carbone mêlé à l'air. Comment se représenter l'effroyable tempête qui ravagea le globe ? Aux éclairs à la lueur bleuâtre et sulfureuse, aux violents déchirements de la foudre, aux sifflements et aux mugissements d'un ouragan impétueux arrachant et roulant pêle-mêle les plus grands végétaux, se joignit une pluie de matière carbonique dont les couches accumulées recouvrirent les stipes des palmiers et des bambous, les troncs des fougères et des cocotiers ; arbres et carbone se transformèrent en lits de houille, substance si précieuse pour les arts et notre industrie. Ainsi le charbon de terre est un débris de l'ancienne atmosphère. Sa précipitation préparait la naissance des animaux à poumons, et des richesses pour l'âge futur de la civilisation.

En même temps, la croûte terrestre, convulsionnée par les efforts de la lave brûlante interne, éprouvait d'horribles déchirements. Les mers étaient déplacées ; des germes de continents nouveaux, des îles inconnues surgissaient ; des vallées se transformaient en montagnes, et des plaines basses en plateaux élevés. C'est l'âge de la formation du Jura et autres montagnes secondaires.

III. — Troisième âge du globe terrestre. — Les reptiles.

Après les révolutions, le repos : c'est une loi immuable. Les convulsions de la terre s'apaisèrent donc graduellement; une autre nature succéda à la nature primitive. Les plantes reparurent dans toute la pompe de leur végétation ; comme celles du premier âge de la vie, elles appartenaient pour la plupart aux deux classes à organisation simple des acotylédonés et des monocotylédonés (1). La haute température, alors encore entretenue par la chaleur interne du globe,

(1) *Acotylédonés*, se dit des plantes privées de lobes ou cotylédons, comme les fougères, les champignons. *Monocotylédonés*, se dit des plantes qui n'ont qu'un seul lobe, comme le lis.

leur permit de se développer sur toutes les latitudes, quoique la grande diminution du carbone, rendant leur nutrition moins active restreignit leurs proportions; quelques plantes dicotylédonées apparurent.

Mais quel étonnant spectacle présenta la nature animale! Les formes les plus bizarres s'unirent aux proportions les plus exagérées pour produire des créatures singulières. C'est à la science des Cuvier et des Buckland, que nous sommes redevables de la connaissance de ces antiques habitants de notre planète. Dans les eaux de l'Océan, sur les côtes, au milieu des lacs, sous les voûtes ombreuses des forêts, dans les airs, partout des reptiles. Ici, l'ichtyosaurus, horrible crocodile de dix mètres de long, poursuivant, pour s'en repaître, des platyodons et des gavials, animaux du même genre, mais plus faibles que lui. Là, le mosasaurus au cou de dix mètres de longueur, au corps immense, hérissé d'écailles et terminé par une queue large et plate destinée à fendre les eaux; le dinothérium, dont la masse paraît fabuleuse (1).

Sur les îles, le mégalosorus couvrant de son corps une étendue de vingt mètres. Au bord des rivières, le plésiosaurus élevant sa tête au-dessus des roseaux, sa tête supportée par un cou flexible, semblable à un serpent, égalant en longueur les six mètres de son corps massif. Dans les vastes plaines de l'air, planent les diverses espèces de ptérodactyles, types du fantastique dragon, lézards volants, pourvus d'ailes semblables à celles des chauve-souris, oiseaux quadrupèdes cuirassés d'écailles, tantôt ils rampent à terre, tantôt ils se réfugient sur les cimes des arbres et se jouent dans le feuillage.

Embrassons par la pensée la perspective entière de notre planète pendant son troisième âge. Un Océan plus vaste que celui de nos jours roulant ses houles écumeuses sur les côtes des continents exigus; des archipels nombreux, des pics abrupts élevant au-dessus de sa surface, les uns leur brillante parure végétale, les autres leur tête nue et sillonnée par les fréquents éclats de la foudre. Une population de léviathans, à la voix puissante, aux appétits féroces, se livrant de continuels combats, ensanglantant les ondes, renversant les forêts dans leurs luttes affreuses. Au pôle comme à l'équateur, une atmosphère chaude, surchargée de vapeurs portant dans leurs flancs le feu électrique; l'air déchiré par des tempêtes horribles, par les éclats de la foudre; la terre ébranlée par l'action des

(1) Une tête osseuse de cet animal, que l'on vient de découvrir, est longue de deux mètres et pèse 250 kilog.! l'os du bras 50 kilog.!

feux souterrains, les continents et les îles changeant continuellement d'aspect et de configuration dans ces secousses violentes, et
menaçant d'une destruction totale leurs monstrueux habitants ;
tel est le lugubre tableau que cette nature sauvage et primitive
déploie sous nos yeux.

IV. — Quatrième âge. — Apparition des oiseaux et des mammifères.

Au milieu des commotions incessantes de notre globe, se leva
enfin le jour fatal marqué pour l'anéantissement des monstrueux
monarques de la terre. Les continents s'affaissèrent encore une
fois, tandis qu'une partie des profondeurs océaniques, cédant à
la force d'impulsion que leur imprimait la force expansive des laves
souterraines, s'élevèrent peu à peu au-dessus des flots, et vinrent
exposer à la lumière leurs forêts de madrépores, leurs bancs de coraux, leurs sociétés de polypes et de mollusques aux formes variées,
aux couleurs admirablement nuancées. Roulant dans les vagues
monstrueuses de l'Océan expulsé de ses domaines et se jetant furieux dans les bassins nouveaux qui lui étaient creusés, les mosa-
saures expirèrent au milieu des plus affreuses convulsions, mêlant
leur voix tonnante à la voix puissante des flots courroucés et aux
hurlements de la tempête. Les ichtyosaures et les plésiosaures,
les ptérodactyles réfugiés sur les cimes des forêts, périrent tous
ensevelis sous la tombe liquide qui se nivela sur eux. Alors l'air
subit une dernière dépuration par la précipitation du reste de l'ancienne atmosphère carbonique.

Un monde animal venait de périr. Un autre monde animal le
remplaça ; une végétation jeune surgit du sein des terres nouvelle-
ment émergées ; là où les plantes marines étendaient leurs lames
et leurs ramifications, germa le chêne ; le sapin y étendit ses verts
rameaux, le magnolier au luisant feuillage se para de ses tulipes
odorantes, la rose incarnate, au parfum suave, se maria au lis
candide, à la violette délicate ; autour des groupes de hêtres et de
frênes, de cèdres et de bouleaux, s'élancèrent le palmier et le cocotier, le teck, le sandal et l'acajou, admirable mélange de végétaux

de toutes les zônes sous une température tropicale régnant de l'é-
quateur aux pôles.

Ces révolutions terrestres, ces déplacements des mers, dimi-
nuaient la masse des eaux océaniques, augmentaient l'épaisseur
de l'enveloppe solide et extérieure du globe, tout en étendant les
continents. La diminution graduelle de la chaleur intérieure en-
traînant le refroidissement des eaux, causait un dépôt continuel
de matières salines et argileuses qu'elles contenaient ; de là de
nouvelles couches de terrains, de là ces assises horizontales
de sable, de grès, de craie, de chaux carbonatée, qui recou·
vrirent les débris des monstres sauriens, et les transformèrent en
fossiles.

Les lacs, les campagnes et les forêts se peuplèrent. Dans les airs
s'élancèrent les aigles au vol audacieux, aux serres puissantes, et
diverses espèces d'oiseaux. Les mastodontes et l'éléphant méridional, grands mammifères pachydermes à trompe, foulèrent les
pâturages marécageux, quatre espèces de rhinocéros s'abritèrent
dans les djongles des forêts humides. L'élasmothérium, tenant de la
structure du cheval et de l'éléphant, prit ses ébats dans les prairies
arrosées par de grands courants d'eau, au milieu des hippopotames, des tapirs, des anoplothérium, des palæothérium, des anthra-
cotérium, des dichobunes, des adapis et des lophiodon. Ces animaux des terrains humides n'étaient pas les seuls maîtres du monde.
Aux insectes à ruches et à fourmilières, le mégalonix livrait de
rudes combats. L'ours au front bombé et l'ours au front plat, une
espèce de loup, un chat voisin par les formes du lion et de la panthère, la grande hyène fossile, dressaient des embûches aux cerfs,
aux bœufs et aux légions de chevaux qui erraient les uns dans les
forêts, les autres dans les vallées et dans les plaines élevées.

Ainsi au règne de végétaux monocotylédonés succédait l'empire de la végétation dicotylédonée, douée d'organes plus parfaits
et plus complexes. Aux reptiles détruits, succédaient les mammifères à sang chaud, respirant un air oxygéné dans leurs vastes
poumons. Et remarquez, mes jeunes amis, par quelles gradations
l'air a été amené à devenir respirable pour ces êtres? Que de
commotions, de dépurations il a dû subir avant d'être débarrassé
des vapeurs métalliques, aqueuses, salines, carboniques, qui l'é-
paississaient et le rendaient impropre à la vie? L'œuvre de la
création marche à grands pas ; les oiseaux du ciel, les bêtes sauvages de la terre, les animaux domestiques sont créés chacun se-

lou son espèce. Alors, les grands cétacés (1) animent les eaux, l'immense baleine, le cachalot, les morses, les dauphins, fendent les plaines équorées, et se jouent dans la tempête.

V. — Cinquième âge. — Les continents actuels.

Cependant le calorique terrestre s'était dissipé au point que la chaleur interne restait sans action sur la température extérieure; les zônes des climats s'étaient nettement tranchées ; les glaces régnaient sur les contrées polaires, la croûte solide de la planète épaissie opposait un obstacle puissant à l'action des laves souterraines. Mais sous cette voûte immense s'amassait lentement une tempête destructive. Les vapeurs s'accumulaient de jour en jour entre la surface liquide du noyau planétaire brûlant, et l'enveloppe terrestre extérieure; comprimées fortement, elles s'accumulèrent jusqu'à ce que leur force expansive, brisant la résistance opposée par l'enveloppe, celle-ci fut soulevée tout à coup. Le lit des mers se nivela, les eaux, sans bassins pour les contenir, se répandirent de toutes parts sur les plus hautes montagnes ; l'eau, vaporisée par une augmentation subite de température, s'éleva dans l'atmosphère, et soudain en fut précipitée retombant en torrents de pluie. Villes et empires, hommes et animaux, cèdres altiers, plantes fragiles disparurent, engloutis sous les flots du terrible Océan déchaîné et ne connaissant plus de limites.

C'en était fait du globe, il allait éclater et être projeté çà et là par parcelles, dans l'espace, brisé par la force expansive des vapeurs souterraines, si les parties les plus faibles n'eussent cédé ; alors se soulevèrent de nouvelles montagnes, bouches ignivomes, dont les cratères donnèrent issue à des fleuves de feu entraînés par les gaz; les foudres intérieures mêlèrent leurs détonations aux foudres de l'atmosphère ; les rochers embrasés retombèrent dans les ondes en les faisant bouillonner comme l'acier rougi que l'artisan plonge dans

---

(1) Mammifères marins.   2

l'eau pour lui donner la trempe; la cendre agglomérée en nuages choqua dans les airs les nues grosses de tempêtes; la lave descendit en cascades et en cataractes brillantes, et se creusa un lit dans les vagues frémissantes.

Les volcans avaient sauvé le globe de la ruine totale qui le menaçait. Depuis lors, brûlèrent les Monts-d'Or et le Puy-de-Dôme, l'Etna, le Vésuve et l'Hécla, les volcans de l'Asie, de l'Amérique et de l'Océanie, sortes de soupapes de sûreté qui préservent le globe du danger d'une explosion.

Lorsque cette immense déjection eut produit un vide sous la voûte terrestre, il se fit un affaissement subit, l'Océan se rejeta dans les bassins qui en résultèrent, et laissa à sec les continents actuels. L'Europe, qui n'avait été jusque là qu'un grand archipel, devint terre ferme; mais l'effort de la secousse rompit l'isthme qui faisait une péninsule de la Grande-Bretagne, et détacha Gibraltar de l'Afrique pour livrer passage à l'Océan. L'Afrique et l'Asie, anciens bassins des mers, virent leurs sables marins transformés en steppes et en déserts arides, la Caspienne et les autres lacs salés survécurent comme pour être les preuves irrécusables de l'antique présence de l'Océan dont ils sont les débris.

La terre avait achevé sa période d'enfance, il ne devait plus désormais y avoir pour elle de violentes convulsions; sur sa surface stable allaient vivre les grandes familles humaines.

Le dernier séjour de la mer avait produit les terrains tertiaires des géologues · l'effroyable cataclysme qui venait de se produire laissa pour trace des amas de sables et d'argiles déposés au-dessus des couches tertiaires. Dans cette catastrophe, ou dans quelque autre inondation partielle antérieure, disparurent les races des palæothorium, des lophiodon, des adapis, des mammouths, de l'éléphant ancien, et autres espèces qui ne nous sont connues que par leurs ossements déposés dans les entrailles du sol comme autant de médailles des âges antiques.

J'arrive à l'âge moderne de notre planète; âge qui date seulement de six mille ans, comme le constatent les cercles ligneux du baobab d'Afrique, et les murèmes ou moraines des glaciers.

La configuration de la terre n'a pas changé sensiblement depuis cette époque, quoique l'Océan soit porté à s'étendre peu à peu en superficie, et qu'un travail lent, mais sensible, tende à transformer en un vaste continent les archipels océaniens.

Aujourd'hui les eaux marines occupent plus des trois quarts de la surface terrestre, et la masse continentale, arbitrairement divisée en quatre parties, puisqu'elle ne fait qu'un tout sans interruption, comprend l'Europe, l'Asie, l'Afrique et l'Amérique. Les géographes font des îles océaniennes une cinquième partie du globe.

L'Asie a servi de refuge et de second berceau au genre humain; c'est dans ce continent que les sociétés se reconstituèrent, que les familles se multiplièrent au point de former de nouveaux peuples, que les arts et la civilisation furent remis en honneur et en voie de progrès. C'est en Asie que les nations, devenues nombreuses comme les sables de la mer, ployèrent leurs tentes et partirent pour peupler les vastes solitudes des autres terres.

DEUXIÈME PARTIE

I. — Les continents, l'eau, l'air.

Dans l'âge présent de notre planète, mes amis, on distingue encore deux parties principales : le noyau central brûlant, et l'enveloppe extérieure solide. Le noyau central brûlant qui l'emporte de beaucoup en étendue sur l'écorce extérieure, est le reste de cet immense et effrayant Océan de métaux et autres substances tenues en fusion par le calorique qui constituait primitivement la terre entière ; il est la cause génératrice des volcans et des tremblements de terre ; nous en reparlerons après nous être occupés de l'écorce extérieure.

Par l'expression d'enveloppe et d'écorce extérieure, on entend la partie solide qui, creusée en forme de bassin, contient les mers, ainsi que la partie élevée au-dessus du niveau des eaux, que nous habitons, et que les géographes nomment continents.

Si la surface solide était lisse et unie, les eaux n'ayant pas de bassins pour séjourner, formeraient autour d'elle une couche liquide environnée à son tour par l'atmosphère ; il n'y aurait ni îles, ni terre ferme ; un semblable globe ne serait habitable que pour les poissons.

La surface solide est donc inégale, semée d'éminences et de renfoncements. Les éminences sont des continents, des plateaux, des collines, des montagnes de divers ordres, selon leur élévation au-dessus du niveau des mers, et selon leur étendue. Les renfoncements sont les bassins des mers et des lacs.

C'est à une loi physique, qui veut que la surface de tout corps passant de l'état liquide à l'état solide par le refroidissement soit inégale, que la terre doit ses éminerces et ses bassins. L'action des feux souterrains a perfectionné l'effet dû au refroidissement.

Les montagnes les plus élevées, qui jouent un si grand rôle comme centre d'attraction des vapeurs aqueuses flottant dans l'air, comme points de partage et pente pour l'écoulement des eaux, sont moins hautes relativement à la masse de la planète, que la rugosité d'une écorce d'orange relativement à l'orange entière.

L'intérieur de l'enveloppe solide est formée de couches placées les unes sur les autres ; ce sont les terrains des géologues. On les divise en terrain primitif, en terrain intermédiaire, terrain secondaire, terrain tertiaire et terrain de sédiment. Les matières formant les couches de chaque terrain sont appelées rochers, quelle que soit leur consistance. Le granit et les porphyres, les micaschistes (1), composent en grande partie le terrain dit primitif, parce qu'il est le plus ancien, celui formé par le refroidissement de la superficie brûlante de la planète. Le terrain intermédiaire provient du bouleversement produit par la chute des vapeurs aqueuses, lorsqu'elles se sont séparées pour la première fois de l'atmosphère. Les terrains secondaires et tertiaires sont dûs aux dépôts successifs abandonnés par les eaux de l'Océan. Les terrains de sédiment, les plus extérieurs de tous, proviennent des alluvions et inondations des fleuves. On remarque au nombre des roches secondaires, le calcaire ancien ou marbre, les grés houillers qui recouvrent les dépôts de charbon de terre, le liais, la craie. C'est dans les couches du terrain secondaire que le naturaliste rencontre les débris des immenses reptiles, des mollusques et des végétaux primitifs. La pierre de taille ou calcaire grossier, diverses argiles sont classés au nombre des roches tertiaires ; elles renferment, ainsi que le sulfate de chaux ou pierre à plâtre, les ossements fossiles des antiques éléphants, rhinocéros, lophiodon, palæothérium, etc. Les sables argileux, le tuf, la tourbe, les argiles jaunes à dépôt de pierres meulières, telles sont les roches de sédiment.

Les dépressions de l'enveloppe extérieure solide sont beaucoup plus étendues que les élévations ; je citerai pour preuve les mers qui occupent un bassin représentant un peu plus des trois quarts de la surface du globe. Il n'y a qu'une seule mer, un seul océan continu dans toutes ses parties, et si les géographes admettent plu-

(1) Sortes de rochers.

sieurs mers, ce ne sont que des divisions conventionnelles, néces-saires pour faciliter l'étude des positions locales.

L'Océan est la partie principale de la masse des eaux terrestres, masse que complètent les eaux des lacs, des fleuves, rivières, ruisseaux, sources, glaciers, glaces polaires et vapeurs atmosphériques. Les eaux sont douces ou salées.

Les eaux de l'Océan, du grand lac Caspienne, de la mer Morte, dans la Palestine, et de plusieurs autres lacs, sont salées, c'est-à-dire qu'elles contiennent une grande quantité de différents sels, surtout de chlorure de sodium ou sel servant aux divers usages de notre économie domestique. Certaines sources sont également salées : telles sont celles de Salins et de Lons-le-Saulnier, dans le département du Jura, de Château-Salins, dans le département de la Meurthe, etc ; la salure de ces sources provient de ce qu'elles coulent sous terre sur les grands dépôts de sels que des lacs (formés d'eaux abandonnées dans les cavités, par l'Océan en se retirant), évaporées subitement, ont accumulé dans les divers points du globe. La quantité des eaux salées l'emporte sur celle des eaux douces.

On donne le nom d'eaux douces, aux eaux qui ne contiennent que de faibles quantités de sels peu sapides, car il n'existe pas d'eau dans la nature à l'état de pureté réelle ; ainsi les eaux de la Seine, qui sont très douces, contiennent, prises à Paris, sur quinze litres de liquide, 36,28 centilitres d'air, 12,54 centilitres d'acide carbonique, 0,285 grammes de sulfate de chaux, 1,940 grammes de carbonate de chaux, 0,379 grammes de nitrate et d'hydrochlorate de chaux.

L'Océan est le réservoir général des eaux ; sa profondeur, qui est loin d'être uniforme sur tous les points, est évaluée, pour son maximun à huit mille mètres.

Les continents, ou partie de l'enveloppe extérieure du globe, élevés au-dessus du niveau des mers, forment une île immense entourée de tous côtés par l'Océan qui la divise en deux grandes parties à peu près semblables par leur configuration, comme on peut s'en convaincre en jetant les yeux sur une mappemonde. De ces deux parties, l'une contient l'Europe, l'Asie et l'Afrique, et est appelée ancien monde ; l'autre se compose de l'Amérique seule, que l'on nomme *nouveau monde*, à cause de sa découverte récente. Je dis que les continents forment une grande île, car l'Amérique, d'après les investigations du capitaine Ross, est unie à l'Asie par un isthme.

Parmi les îles que renferme l'Océan, l'Australie ou la Nouvelle-Hollande est la plus grande, puisqu'elle égale en étendue notre Europe.

L'intérieur des continents est divisé en pentes hydrographiques (1) ou bassins terrestres, pentes qui s'abaissent sensiblement des montagnes à la mer, et sont sillonnées par les fleuves et leurs affluents. Les eaux ont une circulation perpétuelle qui les soustrait à l'Océan par l'évaporation, les précipite de l'air sur les montagnes et la surface continentale, puis les rassemble en grands courants qui les restituent au vaste réservoir océanien. L'atmosphère est l'intermédiaire de cette circulation. On nomme atmosphère la masse d'air qui entoure le globe. Cette masse a une épaisseur estimée à soixante mille mètres environ. La terre ne tourne pas dans l'atmosphère, mais elle l'emporte dans son mouvement.

L'air atmosphérique est le résultat du mélange de l'azote, de l'oxygène et de l'acide carbonique dans les proportions suivantes : sur cent parties d'air, il y a soixante-dix-neuf parties d'azote, vingt parties quatre-vingt-dix-sept centièmes de partie d'oxygène et trois centièmes de partie d'acide carbonique.

Il est pesant, c'est-à-dire qu'il obéit à l'attraction de la terre comme toutes les autres substances matérielles ; c'est cette attraction qui le fait presser contre la surface terrestre et qui le retient autour de la planète.

On mesure, comme vous le savez, la pesanteur de l'air au moyen du baromètre. La totalité du poids de l'atmosphère forme la millième partie du poids de notre planète. Le poids de l'atmosphère est de cent mille millions de millions de tonnes, et une tonne pèse mille kilogrammes.

Je vous ai rappelé ces notions élémentaires, parce qu'elles vont trouver leur application dans l'exposé des grands phénomènes qui s'offrent journellement à nos yeux, et qui sont le résultat de la vie de notre globe.

(1)Pente pour l'écoulement des eaux.

II. — Les grands phénomènes de la nature. — Volcans, tremblements de terre, pluies, neiges, glaciers, fleuves, vents, tempêtes, trombes, marées, mirage, etc. — *Notices* : J-B-J. FOURIER, ALEX. VOLTA.

Les volcans et les tremblements de terre sont produits par les efforts des vapeurs qui se dégagent du noyau central brûlant, et qui pressent sur l'enveloppe extérieure.

Le centre de notre globe est formé d'une masse énorme de substances métalliques maintenues en fusion par la portion du calorique primitif qui ne s'est pas encore dissipée par rayonnement. Les expériences du professeur Cordier et de l'illustre Fourier (1), ont démontré l'existence de ce noyau central; si l'on creuse les couches de l'enveloppe solide de la terre, on trouve que leur température augmente en raison de leur profondeur, tellement que si la température de l'air et de la surface est à deux ou trois degrés au-dessous de zéro, à soixante mètres plus bas, on éprouve une chaleur de dix degrés, et si l'on parvient à six cents mètres, la chaleur n'est plus tolérable; il y a donc une cause intérieure qui élève la tem-

---

(1) Fourier (J.-B.-J), qu'il ne faut pas confondre avec l'économiste de ce nom, né à Auxerre en 1768, mort en 1830, fut élevé par les Bénédictins à l'école militaire d'Auxerre, et était destiné à l'état monastique; mais il préféra s'adonner aux sciences. Connu de bonne heure par des travaux importants, il fut attaché en 1796 à l'École polytechnique, où il enseigna l'analyse, fit partie de l'expédition d'Égypte, devint secrétaire de l'Institut d'Égypte, et rédigea en cette qualité l'*introduction* au grand ouvrage publié par cette compagnie L'Académie des sciences l'admit dans son sein en 1817 et le choisit pour secrétaire perpétuel à la mort de Delambre; il fut élu en 1827 membre de l'Académie française. Fourier est surtout connu pour sa *Théorie analytique de la chaleur* (1822), ouvrage dans lequel il approfondit, au moyen des mathématiques, toutes les questions relatives à cet important sujet. On lui doit aussi plusieurs mémoires épars dans différents recueils : des *Rapports sur les progrès des sciences mathématiques*, (1822-1829) et des *Éloges de Delambre, W. Herschell et Bréguet*. Son *éloge* a été prononcé par Arago, de l'Académie des sciences, et par V. Cousin, de l'Académie française.

pêrature, puisqu'il fait froid au dehors. Cette cause est le noyau central. C'est à elle que nous devons l'équilibre de température des caves, les eaux chaudes des puits artésiens profonds, et les sources bouillantes d'eaux minérales.

Quand les vapeurs, dégagées du noyau central, et comprimées, pressent sur des parties épaisses de l'enveloppe extérieure, il y a une secousse, un tremblement de terre plus ou moins violent, selon que le sol est plus ou moins résistant. Si la pression se fait sur des parties peu épaisses du sol, elles sont brusquement relevées. Il s'en suit une rupture et une éruption de laves, c'est-à-dire la sortie violente des matières métalliques brûlantes du noyau central soulevées et entraînées par les vapeurs. Ces parties qui cèdent deviennent des montagnes volcaniques.

Les volcans ne sont donc que des couches de l'enveloppe extérieure, soulevée s et brisées par les efforts des vapeurs intérieures qui donnent issue aux métaux en fusion et brûlants du centre de notre globe.

Ceci explique comment il se fait que tous les volcans, quels qu'ils soient, sous quelque latitude qu'ils gisent, rejettent toutes les mêmes substances volcaniques, les mêmes laves. C'est un phénomène qui n'a rien d'étonnant, puisque tous puisent à la même source. L'intérieur d'un volcan est creux ; sous sa base est une immense cavité nommée foyer, qui communique avec le noyau central ; un conduit ou cheminée s'étend du foyer au sommet du mont qui présente une large ouverture creusée en entonnoir ; c'est la bouche ou cratère du volcan, d'où s'élancent les laves et les vapeurs.

Les volcans les plus remarquables de notre âge sont : le Cotopaxi dans les Andes, le Popócatepelt au Mexique, l'Hécla dans l'île américaine de l'Islande ; les volcans de l'archipel Malais, ceux de l'Océanie, notamment le volcan de Kiran-Ea aux îles Hawaii (Sandwich) ; les volcans Asiatiques ; ceux des Canaries et de Bourbon en Afrique ; enfin les volcans du Vésuve, de l'Etna et du Stromboli en Europe. On compte sur le globe deux cent vingt-cinq volcans brûlants.

Le soulèvement partiel du fond des mers par la pression des vapeurs intérieures est encore la cause de l'apparition subite de quelques îles, comme la célèbre Julia, qui surgit tout-à-coup, il y a quelques années, près de la Sicile, et disparut aussi subitement après un petit nombre de jours d'existence. Les Cyclades grecques ont été formées ainsi par soulèvement.

Cependant tous les tremblements de terre n'ont pas pour cause une pression interne. Quelques-uns d'entre eux, produits par des éboulements souterrains, sont bornés à de simples localités. D'autres proviennent de détonations électriques intérieures, et s'accompagnent souvent d'aurores boréales.

Les volcans ne sont pas toujours en activité, ils ont leurs intervalles de repos ; chaque éruption nouvelle s'annonce par certains signes précurseurs, tels que les bruits souterrains, la disparition des sources, des secousses de tremblement de terre.

L'éruption d'un volcan est un acte conservateur de la vie du globe ; car la terre est semblable à un immense appareil renfermant des vapeurs élastiques, des matières en ébullition incessante qui menacent de rompre leur prison ; et les volcans sont les soupapes de sûreté destinées à laisser échapper ces fluides destructeurs.

C'est un imposant spectacle que celui de ce grand et sublime phénomène. Les signes précurseurs qui l'annoncent sont bientôt suivis d'un état électrique de l'atmosphère, qui occasionne un malaise dans les fonctions organiques des êtres vivants ; l'air semble plus pesant que de coutume, les oiseaux et les animaux domestiques s'agitent et sont inquiets ; un calme sinistre règne dans la contrée, théâtre de la commotion. Tout à coup le volcan se couronne d'une épaisse fumée, d'épouvantables détonations retentissent sous terre, le sol tremble et s'agite, des flammes s'élancent du cratère dont le fond est projeté subitement dans les airs à de grandes hauteurs ; une pluie de cendres, des pierres vitrifiées, de roches ardentes, débris des entrailles de la montagne, couvre la base du volcan ; des bruits souterrains, semblables aux grondements sinistres d'une artillerie meurtrière, se mêlent aux rugissements et aux déchirements de la foudre. Tout à coup apparaît la lumière éclatante d'un violent incendie, les flancs de la montagne semblent embrasés, c'est la lave qui remplit le cratère, déborde, roule en cataractes de feu, s'avance dévorant ce qu'elle rencontre, réduisant en cendres arbres et animaux, rochers, monuments, couvrant le sol comme une vaste inondation.

La cendre lancée dans les airs par les volcans, a été quelquefois en telle quantité, que des villes entières ont disparu ensevelies sous sa masse, témoins Herculanum et Pompéïa.

Vous voyez, mes amis, que ces convulsions destructrices en apparence, mais dont l'effet funeste est toujours local, sont autant de bienfaits pour le globe considéré en son entier, puisqu'il serait sujet à des bouleversements bien autrement terribles sans ces grandes déjections.

Passons à d'autres phénomènes, non moins conservateurs de la vie; je veux parler des pluies, orages, tempêtes, chocs électriques, etc.

Les nuages, la pluie, la neige, ont une même cause, l'évaporation des eaux.

Du sein de l'Océan, des lacs, des fleuves, des plus petites masses d'eau, de la terre même, s'élèvent continuellement des vapeurs aqueuses, si tenues, si moléculaires (1), qu'elles échappent à notre vue et ne deviennent sensibles qu'en s'accumulant. Chaque molécule d'eau, transformée en gaz ou en vapeur, s'élève en vertu de sa légèreté et va remplir les interstices des pores de l'air. Tant que l'air est plus chaud que la vapeur, celle-ci reste invisible, et les pores de l'air se remplissent. Mais si l'air se refroidit, il se resserre, ses pores se rétrécissent, la vapeur se condense et forme des amas de globules vésiculaires dont la masse produit les nuages ; si la condensation est portée plus loin, la vapeur redevenue eau tombe sous forme de pluie. Si la condensation des vapeurs s'opère dans un air très froid, celles-ci passent à l'état de glace ou d'eau solide, et tombent en petites masses de cristaux disposés en étoiles ordinairement à six branches ; c'est la neige.

Le brouillard est une vapeur condensée et devenue vésiculaire au moment où elle s'élève de la surface du sol.

La grêle est une transformation subite de la vapeur aqueuse en petits glaçons sphériques, due, soit à un prompt refroidissement, soit comme le pensait le physicien Volta (2), aux électricités dif-

---

(1) Une molécule est la division la plus petite de la matière qui soit sensible à nos organes.

(2) Volta (Alexandre), célèbre physicien, né à Côme en 1745, mort en 1827, fut d'abord professeur dans sa ville natale, puis occupa 30 ans la chaire de physique à l'Université de Pavie. Comte et sénateur du royaume d'Italie, il fut inscrit le premier sur la liste des membres de l'Institut italique ; il était en outre, depuis 1802, associé étranger de l'Institut de France. Volta s'est surtout occupé de l'électricité; on lui doit : l'*Electrophore* (1775), le *Condensateur* (1782), l'*Eudiomètre électrique*, l'*Electroscope à paille*, un *Pistolet* et une *Lampe à matière inflammable* : mais son principal titre est la découverte de l'appareil électrique à colonne, appelé de son nom *pile voltaïque*, qui a ouvert à la science une carrière toute nouvelle. Cette découverte, qui date de 1794, ne fut guère connue en France qu'en 1801. Volta y fut conduit en soumettant à une analyse plus sévère les faits observés par Galvani. Ses principaux ouvrages sont : les *Lettres sur l'inflammabilité de l'air se dégageant du marais* (traduit en 1776), et sa *Lettre à Baucks sur la construction de la pile*.

férentes de deux nuages placés l'un au-dessus de l'autre. M. Arago croit que l'explication de la formation de la grêle est un problème resté sans solution.

La rosée que le vulgaire pense descendre de l'atmosphère comme la pluie, a une origine différente. Ce phénomène est produit en vertu des lois du rayonnement du calorique. Deux corps, diversement échauffés, tendent à acquérir la même température, parce qu'ils s'envoient des rayons calorifiques, et que le corps le plus chaud, en donnant plus qu'il n'en reçoit voit sa chaleur diminuer, jusqu'à ce que celui, avec lequel il est en rapport d'échange, se soit mis en équilibre de température (1).

Pour qu'un corps se maintienne avec la même quantité de calorique, il faut donc qu'il reçoive des corps environnants autant de rayons chauds, qu'il leur en envoie, ou s'il en est autrement, il se refroidira ou augmentera de température, selon qu'il se trouvera en rapport d'échange avec des corps plus froids ou plus chauds que lui. Or, les hautes régions de l'atmosphère sont toujours très froides, puisqu'il est constaté qu'à deux lieues au-dessus de la surface du globe, la température se maintient au-dessous de glace en toute saison, et qu'à une hauteur plus grande, elle est à 80 degrés au-dessous de zéro. Il arrive donc pendant les nuits où l'atmosphère est très pure, que la surface de la terre rayonne son calorique dans l'espace, et que les rayons traversent l'air sans pouvoir sensiblement l'échauffer ; il y a perte constante de chaleur, sans restitution. Les corps placés à la surface terrestre se refroidissent ; alors les vapeurs qui flottent dans l'air, dépouillées à leur tour de leur calorique par le contact de corps froids, se condensent et se déposent sous forme de gouttelettes. Telle est la cause de cette rosée dont les perles brillantes se suspendent à l'extrémité des longues herbes, et scintillent au lever du soleil sur le feuillage. Si le rayonnement est assez fort pour abaisser la température des plantes au-dessous de zéro, la rosée se transforme en gelée blanche en se glaçant.

Ce phénomène de condensation n'a pas lieu quand l'air est chargé de nuages, parce que ceux-ci s'échauffent en recevant les rayons calorifiques terrestres, leur température s'équilibre avec celle du sol, et ils renvoient autant de rayons qu'ils en reçoivent.

Pour que la rosée se forme, il faut que l'air joigne le calme à la

(1) Deux corps sont en équilibre de température, lorsque leur chaleur est égale.

transparence, car le vent, déplaçant continuellement des masses d'air chaud, restitue au corps le calorique qu'ils perdent et empêchent que les vapeurs puissent se condenser.

La rosée est précieuse dans les saisons chaudes et sèches, surtout dans les contrées où la pluie tombe rarement en été, car elle arrose les plantes et favorise la végétation.

Par suite des lois qui règlent la distribution, l'accumulation et l'équilibre du calorique, il se fait un continuel échange d'eau entre la terre et l'atmosphère. La chaleur qui résulte de la combinaison des rayons éthérés mis en mouvement par le soleil, avec la matière terrestre, vaporise les eaux, les élève dans l'air, où ces vapeurs, privées par le refroidissement du calorique nécessaire au maintien de leur état gazeux, redeviennent liquides pour retomber tantôt en neiges épaisses, tantôt en pluies fécondantes qui entretiennent l'humidité du sol, donnent la vie et la nourriture aux végétaux, alimentent les sources, sèment de toutes parts la fécondité.

Les sommets des hautes montagnes, toujours froids en raison de leur élévation et de leur peu de surface, sont des centres de condensation pour les vapeurs flottantes de l'air ; refroidies subitement par le contact de ces pics aigus, elles se précipitent en neiges, qui roulent dans les anfractuosités de roches, comblent les crevasses, et les précipices, fondent en partie pendant les heures les plus chaudes de la journée, gèlent aussitôt que ces heures, très courtes dans les hautes régions, sont passées, et recouvrent les montagnes d'un manteau de glace perpétuel. Ces montagnes à glaciers, sont les sources des grands fleuves, elles sont des agents puissants dans les fonctions circulatoires du globe, dans cet échange perpétuel du liquide aqueux que l'Océan cède à l'air, et que celui-ci précipite sur les continents, d'où il retourne dans les profonds réservoirs de l'Océan.

Nous devons donc regarder les mers comme le vaste entrepôt du liquide destiné à entretenir la vie et la fécondité sur notre planète.

Que d'effets divers et merveilleusement combinés, sont produits par la chaleur de notre globe ! Le vent en est encore un des principaux et un des plus utiles. Le calorique répandu si abondamment sur la terre, là où elle est éclairée par le soleil, échauffe les couches d'air les plus inférieures, les dilate, les rend plus légères que les couches supérieures, de là un mouvement d'ascension pour l'air inférieur, de descente pour l'air supérieur, mouvement désigné sous le nom de vent. Dans le déplacement de ces courants, que de nuances diverses, depuis le frais et suave zéphir, qui rafraichit nos organes irrités par la chaleur mordante de la canicule, la douce brise, arrondissant la blanche voile du marin, et l'ouragan impétueux, qui déracine et renverse en se jouant les géants des forêts ?

La dilatation lente et successive des couches aériennes inférieures, produit des vents légers, la dilatation brusque et instantanée donne naissance à un vide subit, dans lequel se précipite rapidement une masse d'air froid, c'est la tempête. Les courants d'air qui produisent les vents sont très rapides. Dans son mouvement le plus modéré, l'air parcourt deux mètres par seconde, près de huit kilomètres à l'heure ; dans l'ouragan, qui est le maximum de rapidité, il parcourt quarante-cinq mètres par seconde ou cent cinquante kilomètres à l'heure, mais alors il brise tout ce qu'il rencontre.

On appelle vents alisés, des courants qui soufflent constamment d'est à l'ouest, entre l'équateur et le trente-huitième degré de latitude nord et sud. L'excessive chaleur de la zone équatoriale, dilatant l'air, occasionne un courant qui s'établit des régions moins chaudes vers l'équateur, tandis que l'air chaud se dirige vers ces régions. Mais l'air qui entoure le globe est animé d'un mouvement de rotation proportionnel à l'étendue d'une parallèle sur laquelle l se trouve ; comme les parallèles sont peu étendues dans les zônes froides, la vitesse de rotation est peu rapide, et lorsqu'il les abandonne pour se porter vers l'équateur, il n'acquiert pas la rapidité propre aux parallèles plus vastes qu'il va rencontrer ; il reste donc en arrière des corps qui ont cette rapidité, et les frappe dans une direction contraire à leurs mouvements ; il paraît donc se mouvoir vers l'ouest, parce qu'il se porte à l'est moins vite que les continents et les iles.

Les tempêtes sont de violents mouvements produits dans l'atmosphère, lorsque des courants d'air, suivant des routes opposées, se dirigent sur un même point et y accumulent des vapeurs qu'ils compriment ; du choc des courants, résulte le mouvement tumultueux de la tempête.

L'ouragan, l'agitateur des régions tropicales, est causé par une accumulation considérable de vapeurs, qui restent suspendues au-dessus des lieux d'où elles se sont élevées ; condensées subitement, elles se précipitent en pluies abondantes, laissent un vide

dans l'atmosphère, vide que remplit aussitôt l'air en se précipi-
tant avec une violence incroyable.

Les trombes sont des tourbillons destructeurs, formés par la
rencontre de deux courants aériens, violents et opposés; si les courants rencontrent un nuage, ils lui impriment un mouvement de
rotation qui le rend conique; il se forme dans l'intérieur du cône
un vide qui absorbe tous les corps qui se trouvent sur le passage
du nuage entraîné. La trombe de mer est une grande quantité d'eau
soulevée de même, et mue circulairement par des courants d'air
opposés; elle ressemble à une colonne qui, de la surface de la mer
s'élève à une grande hauteur; colonne vide intérieurement, capa-
ble d'engloutir et de renverser un navire. Le mouvement de la
trombe, cause une accumulation considérable d'électricité, de là des
détonations violentes, et une lumière électrique très intense.

L'électricité, fluide sans pesanteur, abondamment répandu sur
notre globe, dont il semble être le principe vital, parait, comme
vous le savez, composé de deux natures diverses, l'une dite électricité vitreuse ou positive, l'autre dite électricité résineuse ou né-
gative. Les électricités de même nom se repoussent, tandis que la
vitreuse attire la résineuse, et *vice versâ*. L'union des deux natures électriques constitue l'électricité neutre ou combinée. L'électricité produit dans l'atmosphère plusieurs phénomènes remarquables.

L'eau contient, comme tous les corps, une quantité notable de
fluide électrique, et elle ne s'en sépare pas en passant à l'état
de vapeur, les nuages sont donc toujours chargés d'électricité neu-
tralisée.

La grande chaleur, la pression, le frottement, électrisent les corps,
c'est-à-dire séparent leurs deux électricités, dont l'une s'accumule
à la surface du corps électrisé. L'excessive chaleur de l'atmosphère,
la pression d'un nuage entre deux courants d'air opposés, son frottement contre l'air dans sa course, sont autant de causes qui électrisent. S'il vient à rencontrer un autre nuage chargé du principe
électrique résineux, tandis qu'il l'est du vitreux, les deux principes s'attirant et tendant à se combiner, on voit la flamme électrique s'élancer et produire l'éclair; l'air éprouve une percussion au
moment de la combinaison des deux principes électriques, et le
bruit de cette percussion retentissant dans les couches atmosphériques, étant réfléchi par le sol et ses accidents, se multiplie, ré-
sonne; ce sont les roulements du tonnerre. Lorsqu'un nuage électrisé recombine son électricité en recevant de la terre le principe

qui lui manque, ou lorsqu'un de ses principes, attiré par l'électricité terrestre, se précipite sur le sol, on dit que la foudre éclate ; le feu électrique, dans sa violence, enflamme les corps combustibles, détruit et renverse les corps solides, asphyxie les êtres animés.

. Tous ces grands phénomènes atmosphériques ont pour but de purifier l'air en l'agitant, de le rafraîchir là où il est brûlant, de le réchauffer là où il est froid. Un air immobile deviendrait lourd, infect par l'accumulation des émanations animales et terrestres ; il se transformerait en un foyer de putridité et de mort. C'est surtout sous des latitudes intertropicales que les ouragans sont d'une grande utilité pour la salubrité du climat ; la violence y est extrême, ils dévastent tout ce qui se trouve sur leur passage. A l'île Bourbon, aux Antilles, on ne voit que ruines et débris après un de ces terribles mouvements aériens ; il semble que le pays soit à jamais perdu, pas un arbre, pas une plantation ne reste sur pied ; mais le désastre est bientôt oublié, car ces commotions sont toujours suivies d'une excessive fertilité ; en peu de temps la végétation a réparé toutes ses pertes, la nature semble s'être régénérée, elle abonde de sève et de jeunesse.

Les marées sont des secousses, des mouvements journaliers de l'Océan, causés par l'attraction de la lune et du soleil. La lune agit plus fortement que le second de ces astres en raison de son peu de distance. Quand ces deux grands corps célestes attirent les eaux dans la même direction, par suite de leur position, les marées sont très fortes.

Le flux arrive lorsque l'attraction cesse, alors les eaux s'étendent et se nivellent. Au moment du reflux, les eaux s'éloignent des côtes, s'abaissent sur le rivage, mais s'élèvent en cône sur le point où l'attraction agit avec plus d'énergie. Chaque hémisphère éprouve successivement l'effet de l'attraction d'où proviennent les marées ; l'air y est également soumis, de là les variations de hauteur observées dans le baromètre, aux diverses époques de la journée.

Les marées de l'Océan et de l'atmosphère sont encore des moyens d'assainir les eaux et l'air par leur mélange et leur déplacement.

Il y a encore deux autres phénomènes atmosphériques, très remarquables, c'est l'aurore boréale et le mirage ; le premier est un effet électro-magnétique, le second un jeu d'optique,

D'après les travaux du professeur Ampère, de MM. Arago et Œrstedt, il est actuellement hors de doute que le magnétisme terrestre soit autre chose que de grands courants électriques qui traversent l'intérieur du globe. Ces courants, en s'échappant par les pôles, quelquefois par d'autres points du globe, forment dans les hautes régions atmosphériques des jets lumineux et colorés d'un effet magnifique. C'est aux pôles, pendant la longue nuit hyémale que l'aurore électrique étale sa pompe et sa splendeur, qu'elle remplace l'astre lumineux dont l'horizon est si longtemps privé. Elle éclate en arcs de cercles brillants et pourprés, en rayons, en ondes étincelantes ; l'orangé, le bleu, le vert, semblent autant de vagues colorées que soulève une mer bouillonnante. Chaque apparition prend une forme nouvelle, tantôt les jets lumineux s'unissent en faisceaux qui se rompent et s'ouvrent en gerbes radieuses, tantôt ils se groupent en longues colonnes irisées, s'arrondissent en couronnes, dont les cercles concentriques éclatent avec un bruit semblable à ceux d'un bruyant feu d'artifice. Ce magique phénomène lumineux se renouvelle très fréquemment dans les contrées polaires, il est rare et moins brillant dans les climats tempérés.

Le mirage est un effet d'optique singulier, qui consiste en images qui se dessinent et se colorent, soit dans l'atmosphère, soit à la surface du sol ; cet effet se montre surtout dans les pays à température chaude. En Egypte, lorsque l'air est calme, et que ses couches inférieures sont très échauffées, elles prennent une force de réfraction très grande, de sorte que les rayons lumineux envoyés par les corps, se brisent, se relèvent, et en parvenant à l'œil du voyageur, lui montrent l'image des objets, conversée et réfléchie comme dans une nappe d'eau. Nos soldats ont été souvent trompés par le mirage pendant l'expédition d'Egypte ; les objets placés sur les collines, réfléchis ainsi par les couches inférieures de l'air, leur faisaient prendre le sable du désert pour un lac aux eaux désaltérantes.

La *fata-morgana* est un mirage de l'air, qui s'opère assez souvent sur les côtes de la Sicile ; il apparaît à l'époque des grandes chaleurs ; l'air réfléchit l'image des montagnes, des arbres et des villages de la côte ; mais il faut se garder d'ajouter une foi entière aux poétiques descriptions qui ont été faites de ce phénomène par des observateurs enthousiastes. L'hydrographe anglais Smith, M. de Sayve, M. de Forbin, qui ont été témoins de l'apparition de la *fata-morgana*, n'ont vu qu'un mirage assez faiblement distinct des côtes voisines.

Le spectre du mont Brocken, dans le royaume de Hanovre, est encore un effet de mirage. Le mont Brocken est le point culminant de la chaîne du Hartz, si riche en mines de toutes espèces. Il est élevé de onze cents mètres au-dessus du niveau de la mer, et de son sommet on découvre une étendue de deux cent quatre-vingts kilomètres. L'une des meilleures descriptions de ce phénomène est celle de M. Hane, qui en a été témoin le 23 mai 1777.

Le soleil se levait par un temps serein, il était quatre heures du matin. Un vent léger accumula des vapeurs dans l'ouest de la montagne ; bientôt le voyageur aperçut au milieu de ces vapeurs une figure humaine de dimensions monstrueuses. Un coup de vent ayant failli emporter le chapeau de M. Hane, il y porta la main, et la figure colossale exécuta le même geste. M. Hane fit immédiatement un autre mouvement en se baissant et cette action fut reproduite par le spectre. L'observateur s'étant déplacé, le phénomène disparut, et il se remontra dès que M. Hane eût repris sa première position. Alors une seconde personne s'étant placée près de lui, on put distinguer deux figures dans la vapeur, reproduisant les gestes des deux spectateurs. C'était donc leur ombre qui se projetait sur le brouillard comme sur un corps opaque.

L'académicien Bouguer, envoyé à l'équateur avec La Condamine, pour mesurer un degré terrestre, fut témoin au Pérou, sur le mont Pambamarca, en novembre 1744, d'un effet de mirage, semblable à celui du mont Brocken. Voici sa relation.

« Un nuage, dans lequel nous étions plongés, nous laissa voir, en
» se dissipant, le soleil qui s'élevait et qui était très éclatant. Le
» nuage passa de l'autre côté. Il n'était pas à trente pas, et sa fai-
» ble distance faisait qu'il n'avait pas la teinte blanchâtre des nua-
» ges éloignés, lorsque chacun de nous vit son ombre projetée des-
» sus, et ne voyait que la sienne, parce que le nuage n'offrait pas
» une surface unie. Le peu de distance permettait de distinguer
» toutes les parties de l'ombre ; on voyait les bras, les jambes, la
» tête ; mais ce qui nous étonna, c'est que cette dernière partie
» était ornée d'une auréole de trois ou quatre petites couronnes
» concentriques d'une couleur très vive, chacune avec les mêmes
» variétés que le premier arc-en-ciel, le rouge étant en dehors. »

Cette espèce de mirage, ou plutôt d'ombre portée sur des vapeurs, doit se reproduire fréquemment sur toutes les montagnes élevées.

EUROPE

III. — Singularités et curiosités naturelles.

L'Europe est une presqu'île du grand continent de l'ancien monde, entourée par les portions du vaste bassin océanique, connues sous le nom d'Océan atlantique boréal, de Mer du Nord et d'Océan glacial arctique. Les beautés de cette partie du monde, qui tient le premier rang à cause du puissant développement intellectuel de ses habitants, n'ont pas le grandiose des beautés du même genre dans les autres parties du globe. Ainsi les chaînes alpines et pyrénéennes ne s'élèvent pas dans les régions atmosphériques à la hauteur des pics pyramidaux de l'Himalaya indien, ou des sommets volcaniques de la Cordilière américaine ; leurs précipices, leurs torrents, leurs entassements de rocs éboulés, leurs vallées sillonnées par les eaux, ne sont que des images réduites des mêmes accidents appartenant aux puissants systèmes des montagnes asiatiques et du Nouveau-Monde. En Europe, les fleuves ne sont plus ces larges courants rivaux des mers, comme le Saint-Laurent, le Meschascebé, l'Orénoque, le Nil et le Yang-tse-Kiang de la Chine ; les déserts, loin d'être de vastes solitudes de sables, se rapetissent en landes de peu d'étendue. Ce n'est donc pas en Europe qu'il faut étudier les scènes majestueuses et les grands effets de la nature, ils y forment des tableaux frais et gracieux plutôt que sublimes et imposants.

C'est dans les montagnes, que la nature a déployé en Europe le plus de grandeur et de magnificence. Le système orographique susceptible d'être considéré comme le centre de toutes les chaînes européennes, est celui des Alpes : là se trouvent les monts les plus abruptes et les plus élevés, le Mont-Blanc avec sa cime de glace et ses quatre mille neuf cents mètres au-dessus du niveau de l'Océan, qui le rendent le point culminant de l'Europe, le grand Saint-Bernard, le Mont-Rosa, rival du Mont-Blanc, dont la cime atteint à la hauteur de quatre mille huit cents mètres. La chaîne alpine depuis le Mont-Ventoux en Dauphiné, jusqu'au mont Kalemberg en Autriche, a huit cents kilomètres de longueur. A deux mille sept cents mètres d'élévation, cette chaîne se couvre de glaces perpétuelles, et au-dessus de trois mille six cents mètres, les vapeurs atmosphériques condensées retombent en neiges épaisses qui blanchissent les cimes granitiques et les font apparaître au loin éclatantes et splendides, lorsque les rayons solaires les entourent comme d'une auréole lumineuse. La chaîne alpine est encore remarquable par la profondeur de ses lacs ; on cite entre autre le lac d'Achen, dont le fond est à six cents mètres de la superficie. D'après les études de M. Elie de Beaumont, la grande chaîne alpine n'est pas la plus ancienne des chaînes de l'Europe ; les monts les plus humbles de la Côte-d'Or, qui ne s'élèvent qu'à huit cents mètres, les monts Ertze-Birge, entre la Bohême et la Saxe, le mont Pilat, près de Lucerne, ont été les premiers soulevés, tandis que les gigantesques Mont-Blanc, Mont-Rosa, se seraient soulevés longtemps après les Pyrénées, et, à une époque plus récente encore, les montagnes des Alpes centrales.

Les sensations qu'éprouve le voyageur à l'aspect des entassements immenses de roches et de glaces qui forment la chaîne du Mont-Blanc ou des grands pics, ne peuvent guère se décrire ; c'est un bizarre contraste entre la nature verte et fleurie des vallées, le calme du miroir des lacs, le silence des forêts d'arbres verts, et l'aspect de mort du chaos des glaciers, le bruit des torrents, le mugissement des cascades. Tantôt la vue est surprise par l'apparition de pics taillés en obélisque, de roches énormes rongées par la dent destructive du temps, qui surplombent, soit sur des précipices inaccessibles, soit sur un col étroit taillé dans le granit, où le pied trouve à peine son appui. Ici des vals profonds, entourés d'escarpements, contiennent un petit lac dans leur centre taillé en coupe antique, là les vallons s'élargissent, se couvrent d'habitations, de troupeaux, et reflètent les escarpements boisés dans le cristal des courants d'eau qui le fertilisent. Un des effets les plus étonnants, est celui que produit le sommet du Mont-Rosa, entassements de pics gigantesques, qui forment un vaste cirque d'environ six mille mètres de diamètre.

La vue des glaciers jette dans l'âme une terreur indicible, les uns ressemblent à une mer dont les vagues soulevées par la tempête auraient été solidifiées tout à coup ; les autres ont de larges étendues de surface unie, bordées de coupures profondes, de crevasses dentelées qui leur donnent les formes les plus variées.

Quand le printemps ramène le soleil vers notre tropique, et que la longue présence de l'astre du jour sur l'horizon échauffe l'atmosphère, il s'opère dans les glaciers un travail dont les effets sont souvent extraordinaires ; des masses énormes d'eau congelée glissent sur les pentes qui les soutiennent, avec un bruit semblable à celui du tonnerre; la commotion que l'air en reçoit détache des pics supérieurs des avalanches de neige qui remplissent les vides laissés par la progression des glaces, et se transforment à leur tour en glaciers nouveaux. Quelquefois ces avalanches, ayant d'énormes dimensions, roulent jusque dans les vallées, renversant les forêts sous leur poids, et ensevelissant des villages entiers.

Les glaces descendues fondent rapidement ; de tous côtés jaillissent les eaux, les cascades bouillonnent, les torrents mugissent, l'écume blanchit dans l'air, mille arcs-en-ciel scintillent en décomposant la lumière, les fleuves grossissent et portent au loin la fraîcheur, en vaporisant leurs ondes et humectant l'atmosphère échauffée.

Ces magnifiques et pittoresques effets se reproduisent dans toute la chaîne des Alpes à glaciers. Dans les contreforts et les chaînons moins élevés où les glaces disparaissent, les beautés diminuent, les sources et les torrents sont plus rares, moins impétueux ; les monts ne se hérissent plus de cîmes abruptes et menaçantes, mais ils se revêtent d'une parure végétale gracieuse, de forêts de chênes et de pins, d'arbrisseaux et de plantes variées.

La partie la plus intéressante du système alpique, sous le rapport des richesses minérales, est la chaîne du Hartz et de l'Ertz-Gebirge. La chaîne du Hartz occupe, dans le Hanovre, une longueur de cent vingt kilomètres sur quarante-huit de largeur ; ses cîmes escarpées, ses vallées, ses bois et quelques marais forment un labyrinthe naturel dans lequel il est impossible de pénétrer sans guide. Les pentes inférieures sont calcaires, elles contiennent plusieurs cavernes, moins célèbres encore par les nombreux détours et les brillants stalactiques qu'elles offrent à la curiosité du voyageur, que par l'énorme quantité d'ossements fossiles qu'on y a découverts, et qui peuvent les faire considérer comme d'immenses catacombes naturelles dans lesquelles se sont conservés les restes des anciens animaux qui ont peuplé notre planète. Les plus curieuses de ces cavernes sont celles de la Licorne et celle de Baumann.

La première est située au pied du château de Schartzfels ; elle est composée de cinq grottes placées à des niveaux différents qui communiquent les uns aux autres par de nombreuses sinuosités qu'il faut parcourir, soit en montant, soit en descendant. La seconde, beaucoup plus vaste, est également composée de cinq grottes. De la première à la seconde de ces cavités, on descend dix mètres ; pour passer de celle-ci à la troisième, il faut se hisser sur les pieds et sur les mains ; enfin après avoir alternativement monté et descendu, on arrive, par une pente assez rapide, dans une galerie remplie d'eau et placée sous les autres grottes. Cette galerie, rarement visitée, contient une grande quantité d'ossements qui appartiennent généralement à des tigres, à des hyènes, et à l'ours des cavernes ou à front bombé, qui devait être aussi grand qu'un cheval.

La chaîne alpine de l'Ertz-Gebirge est une des sources de la richesse industrielle de la Saxe, elle contient des mines d'argent, de cuivre, de plomb, de fer et d'étain ; on y trouve des améthistes, des agathes, des jaspes, et surtout une excellente espèce de kaolin ou argile à porcelaine, qui a contribué pendant si longtemps à la supériorité de la porcelaine de Saxe sur celle du reste de l'Europe.

Du Mont-Blanc, en Savoie, point culminant du système des Alpes, si l'on se dirige vers la Méditerranée, on voit se détacher les rameaux alpins du Dauphiné, ou du département de l'Isère, ceux des Hautes et Basses-Alpes, puis les Alpes maritimes, qui se dirigent vers l'Italie, pour s'y prolonger sous le nom d'Apennins.

Vers l'extrémité du département de Vaucluse, s'élève le mont Ventoux, haut de deux mille trois cents mètres, qu'un éblouissant manteau de neige recouvre pendant huit mois de l'année. Dans les étages du département des Hautes-Alpes est assise la ville de Briançon, la plus élevée de toutes les cités françaises, ville fortifiée, dont la citadelle est séparée des habitations par un précipice de soixante mètres de profondeur, au fond duquel mugit la Durance ; un pont d'une seule arche, de quatre-vingt mètres d'ouverture, est jeté avec hardiesse sur cette effrayante coupure. A quatre kilomètres environ de Gap, chef-lieu du département des Hautes-Alpes, se trouve le lac Pelbotiers, la merveille du pays, où les étrangers ne manquent pas de faire un pèlerinage pour y voir le pré qui tremble. C'est une île flottante, composée de débris de roseaux, de nymphéa, de potamegton, que recouvre une couche de terreau formée peu à peu par la décomposition de ces plantes, et que revêt actuellement une verte prairie dont on fauche annuellement les herbes abondantes.

Rien n'est plus pittoresque que la route qui conduit de Briançon

à Grenoble, au milieu de cette partie des Alpes ; tantôt près d'elle
serpente la Romanche, tantôt elle domine de riantes vallées boisées dans lesquelles s'élèvent des forges et d'autres curieuses usi-
nes, où l'industrie travaille les richesses métalliques de la montagne. Le voyageur aperçoit ensuite les bords âpres et sauvages du
Drac, puis l'Isère au cours sinueux et rapide, qui contourne les
pentes de plusieurs contreforts, dont les bases fertiles sont cultivées en mûriers et en vignes, et les cîmes ornées de gras pâturages et de vastes forêts. Plus loin, au-delà de Grenoble, au bas
d'une montagne, les curieux visitent deux grottes rendues célèbres
par les fameuses cuves de Sassenage, que la crédulité populaire
consultait autrefois avec une foi vive, chaque année, pour connaître le résultat des récoltes. Ces cuves sont deux petites excavations
cylindriques, d'environ cent soixante mètres de diamètre, dont
l'une a un mètre et l'autre cinquante centimètres de profondeur.
Lorsque ces cavités, au jour marqué pour les consulter, se rem-
plissaient d'eau spontanément jusqu'aux bords, les paysans crédu-
les comptaient sur une abondante récolte ; au contraire, lorsque le
niveau des eaux s'élevait peu, ils s'affligeaient, persuadés qu'ils étaient
de perdre le fruit de leurs travaux. Pour parvenir aux grottes de
Sassenage, il faut traverser l'admirable vallée du Graisivaudan. La
vue plonge d'abord sur le développement magnifique de cette vallée : à droite, on remarque les roches escarpées de la Balme ; à
gauche, la montagne de la grande Chartreuse ; enfin, l'on arrive
à un sentier rapide, taillé sur les bords abruptes d'un torrent, d'où
on aperçoit les maisons du bourg de Sassenage, entourées de beaux
groupes de noyers. Les grottes s'annoncent par deux ouvertures
en arcades, dont l'une a plus de huit mètres de largeur ; on aperçoit en entrant des bancs de rochers qui semblent un gigantesque
escalier tombé en ruine. Après avoir traversé le torrent, on se
trouve dans une sorte de vestibule, dont la largeur est de vingt-
cinq mètres sur seize de hauteur et quinze de longueur. Au fond du
vestibule s'ouvrent plusieurs salles : de celle de gauche sort le
torrent de Germe ; les eaux serpentent tranquillement d'abord sous
les voûtes, puis se précipitent avec fracas sur l'escalier de roches,
et tombent en formant une très belle cascade.

Des Alpes du Dauphiné, on aperçoit la blanche pyramide du
Mont-Blanc, distante de plus de cent kilomètres. Une des curiosités
naturelles de la France, que recèlent ces montagnes, est la Grande-
Chartreuse. Là, au milieu d'une imposante solitude, est un monastère, jadis le centre de l'ordre de Saint-Bruno, qui, au lieu de

prendre le nom de son fondateur, prit celui plus obscur du village
de Chartreuse, le plus voisin de ce désert. L'abord de la Grande-
Chartreuse est difficile, on ne peut y pénétrer que par une gorge
étroite et escarpée, encombrée de ronces, de plantes sauvages, de
sapins et de bouleaux, surplombée dans son tracé perpendiculaire
par d'affreux rochers qui se perdent dans les nues ; tantôt le sentier serpente entre des abîmes de plus de cent cinquante mètres de
profondeur, tantôt entre des torrents dont les bruyantes cataractes
couvrent la voix par le retentissement de leur chute ; plus loin, la
cascade de Guiers-Vif forme sur la route glissante une voûte
liquide, et couvre le voyageur de son ombre transparente. Après
avoir franchi un immense rocher taillé en talus, on entre dans une sombre forêt de sapins, dont les cîmes toujours agitées par le vent produisent un bruit étrange, mais non sans harmonie. Enfin on atteint
la pente opposée à celle que l'on vient de gravir avec tant d'efforts,
on quitte les arcades mobiles des sapins, pour s'enfoncer sous des
hêtres au travers desquels apparaît le monastère, qui, pendant
plusieurs siècles, fut pour les contrées voisines une savante école
d'agriculture.

Dans les mêmes Alpes de l'Isère, se trouve la vallée de God-
mard, où le hameau des Andrieux est tellement enfoncé au milieu
des rochers que pendant plus de trois mois de l'hiver, il est entièrement privé de la vue du soleil.

Près du village de Notre-Dame-de-la-Balme, lorsqu'on est parvenu sur la rive gauche du Rhône, on voit une grotte célèbre,
dont l'entrée est transformée en une chapelle dédiée à la sainte
Vierge. L'intérieur en est divisé en plusieurs cavernes qui présentent un brillant spectacle lorsqu'elles son éclairées par des flambeaux ; la lumière fait étinceler des cristaux de stalactites d'un
blanc de neige éblouissant et affectant les formes les plus singulières ; des sources tombent en cascades de diverses ouvertures, puis
forment un lac qui s'enfonce sous les voûtes et sur lequel on se
promène dans une petite barque, non sans se rappeler involontaire-
ment le sombre nocher des enfers mythologiques.

Les autres chaînes de montagnes de la France, sont des ramifications plus ou moins élevées des Alpes ; ainsi au-delà de l'étroite
vallée du Rhône, commencent les Cévennes qui lient les Alpes aux
Pyrénées et aux montagnes volcaniques de l'Auvergne ; le Jura et
les Vosges prolongent les Alpes dans le nord-est. Les Pyrénées,
après avoir établi une barrière naturelle entre la France et l'Espagne, forment la Péninsule espagnole en produisant diverses ra-

mifications dont les racines s'élargissent en un vaste plateau ceint d'un côté par la Méditerranée, de l'autre par l'Océan, plateau élevé de trois cents à cinq cents mètres au-dessus des eaux marines. Les Pyrénées s'étendent entre les deux mers en limitant les départements des Pyrénées-Orientales, de l'Ariège, de la Haute-Garonne, des Hautes et des Basses-Pyrénées. Dans le premier de ces départements, le pic du Canigou, haut de deux mille huit cents mètres couvert de neiges éternelles domine une plaine magnifique : mais ce n'est que dans le département des Hautes-Pyrénées que la chaîne atteint son plus haut point de majesté : là les pics, les aiguilles s'entassent les uns sur les autres ; les sommets conservent un manteau de neige qui ne fond jamais ; au-dessous se prolongent de vastes glaciers, plus bas, des lacs, des forêts, de verts pâturages ; entre les monts, des fissures forment des cols, des passages bordés de précipices, dont les flancs de roches sont lavés et déchirés par les gaves, torrents impétueux sortis des bassins des lacs, et perpétuellement alimentés par la fonte des glaciers ; sur quelques points jaillissent des eaux thermales chauffées par le calorique interne du globe. Cauterets, Saint-Sauveur, Baréges, lieux célèbres dans les annales de la médecine, sont les points où coulent ces eaux bienfaisantes. La Maladetta, le Mont-Posatz, le Mont-Perdu, le Vignemale, le Cylindre du Marboré, sont les pics culminants du centre Pyrénéen, leur élévation commune dépasse trois mille trois cents mètres. Près de Baréges, dans une sorte d'entonnoir de rochers taillés en gradins comme un théâtre antique qui aurait été construit par des géants, tombe avec un bruit assourdissant une cascade dont la chute a quatre-cent-vingt mètres d'élévation perpendiculaire ; cet entonnoir qui semble un ancien cratère de volcan, est célèbre sous le nom de Cirque de Gavarnie. Vers l'Océan, les Pyrénées s'abaissent graduellement, on ne distingue plus les pics orgueilleux couronnés de nuages, les sommets s'arrondissent, et se revêtent de magnifiques forêts, les pentes se couvrent de vignes, et se terminent au-delà des vallées en plaines fertiles.

Les montagnes d'Auvergne se rattachent aux Alpes par le Mont-Lozère, le Mont-Mézin, la Marguerite, qui sont les plus hauts points des Cévennes ; leur origine volcanique les rend les plus intéressantes des élévations du sol français. Le Cantal et le Puy-Mary, d'une élévation de dix-sept cents mètres environ, sont les plus gigantesques de ces montagnes ; viennent ensuite le Mont-Courlande, le Puy-de-Sancy, le Puy-de-Dôme. Cette chaîne a été un des points les plus terribles et les plus majestueux du globe, lorsque ces nombreuses bouches volcaniques, dominées par le cratère du Cantal, vomissaient les fleuves de laves, les amas de scories et de rocs brûlés, les couches de cendres, de pouzzolane et de lapillo, qui composent aujourd'hui un sol aussi fertile que riche en aspects variés. Alors les tremblements de terre agitaient sans relâche notre terre de France ; le noyau central, rompant les couches de sa prison sphéroïdale, poussait, au milieu des plus horribles convulsions, ces colonnes et ces murs de basalte si nombreux en Auvergne. Aujourd'hui les vallées et la cime même du Cantal, sont de riches et fertiles pâturages, couverts de troupeaux et de cultivateurs. Les routes, ou plutôt les sentiers, sont difficiles et tortueux dans le Cantal, aussi ne doit-on pas s'y engager sans avoir pris un guide intelligent. En sortant d'Aurillac, on commence à trouver des colonnes et des prismes de basalte. Sur la cime du Cantal, on descend dans le vaste cratère éteint du volcan, dont les bords, formés de coulées de laves et de substances projetées du sein de la montagne, s'appuient sur une base de granit ; plus loin, dans la vallée du Dauzan, surgit une poussée basaltique haute de cent mètres, au sommet de laquelle est tranquillement assise la ville de Saint-Flour. En redescendant, le voyageur s'engage dans une gorge profonde, célèbre déjà du temps des Romains par ses eaux chaudes ; là est la petite ville de Chaudes-Aigues. Après avoir traversé le col de Cabre, on voit la masse du Puy-Mary se présenter avec son sommet déprimé et concave, ancienne bouche ignivome. Dans ces lieux, commence un véritable labyrinthe de vallées, de cols, de défilés, de torrents et de forêts de sapins ; une foule de cônes jadis fumants, se groupent et s'échelonnent autour d'un ancien volcan central, nommé Puy-de-Sancy. A quelque distance d'une chapelle, les curieux visitent le *trou de Soucy*, entonnoir de trente mètres de diamètre, mais dont l'origine n'est pas volcanique, au fond duquel s'ouvre un gouffre de vingt-cinq mètres de profondeur, rempli jusqu'à la hauteur de deux mètres d'une eau extrêmement froide ; les habitants du pays pensent que ce gouffre communique avec le lac Pavin.

On ne peut nommer ce lac une des merveilles des monts d'Auvergne sans le décrire. Sur la cime des Monts-Dor, dans le cratère d'un ancien volcan, se trouve le lac Pavin ; ses bords sont couronnés d'un magnifique rideau orné de verdure, haut d'environ quarante mètres qui le suit dans tous ses contours. Quoique ce rideau soit soutenu par talus si rapide, qu'on ne peut y marcher sans s'exposer à tomber dans le lac, cependant il est revêtu d'une magnifique pelouse dans tout son développement. La lave compose cette enceinte, que l'évaporation constante des eaux du lac décore d'une admirable végétation. A l'époque où le volcan mugissait et déversait la lave bouillante, l'enceinte du cratère s'ouvrait sur une de ses faces, et par cette échancrure s'échappa la cataracte ignée; c'est encore par là que débordent et s'écoulent les eaux du lac. Le fond du cratère est élevé en banquette autour du niveau des eaux; mais sur cette manière de bord, on ne voit pas le terrain s'abaisser en pente douce sous les ondes, les parois du réservoir sont taillées perpendiculairement, et d'après les efforts faits pour sonder la profondeur du lac, on a trouvé qu'ils se continuent ainsi jusqu'à quatre-vingt-quinze mètres; aussi nul roseau, nulle plante aquatique ne se montre dans cette masse imposante de liquide. Les eaux du lac Pavin sont limpides; cependant leur profondeur les fait paraître noires; on ne leur connaît aucune source visible; elles conservent toujours le même niveau, et leur trop plein s'échappant par l'ancien chemin frayé par la lave descend en cascatelles, et devient la petite rivière de Couse. Non loin du lac Pavin, sur le Mont-Sineyre, est un autre lac qui remplit un cratère, et ne déborde jamais. Du sommet de ces monts la vue plonge sur de belles vallées et sur la fertile Limagne, l'ancien paradis des Arvernes (1). En prolongeant son excursion, le voyageur parvient à l'enfer, c'est ainsi que l'on nomme une gorge hérissée de laves, aux flancs déchirés, brûlés, creusés de ravins, de noirs et profonds précipices, au fond desquels la neige persiste encore au mois d'août. Une maigre et rare végétation s'échappe des interstices des roches, et souvent, là où le pied du touriste n'oserait se hasarder, on aperçoit des pâtres, suspendus par une corde, fauchant ces herbes dures, et souvent desséchées, que le souffle des vents leur dispute.

Des hauteurs du Sancy tombe la Dor, rivière qui donne son nom au mont où naît sa source; ses eaux se précipitent en cascade au fond d'une vallée par une large fissure perpendiculaire, hérissée de rocs noirâtres, et n'ayant d'autre verdure que le sombre feuillage des sapins. Une autre chute de cinquante mètres mélange la Dogne à la Dor, et de l'union de ces torrents naît la Dordogne. Les Monts-Dor recèlent encore dans les antiques foyers de leurs volcans des sources qui s'échauffent et sortent animées d'une

(1) Les Arvernes ou Arfcarann, étaient les anciennes tribus galliques de ce pays. Le mot Auvergne est une altération de leur nom.

haute température, imprégnées de substances minérales qui les transforment en panacées précieuses, pour remédier aux souffrances de l'homme.

Tout ce sol central de l'Auvergne a été tourmenté par une longue et puissante conflagration, dont les traces ne sont pas moins nombreuses dans la chaine du Puy-de-Dôme que dans celles des Monts-Dor. Ici les volcans se montrent encore dans toutes les directions. Le Puy-de-Dôme est un vaste soulèvement de quinze cents mètres de hauteur qui doit recouvrir un cratère semblable à celui du Kiran-Ea, dans les îles Hawaii ; mais, quoiqu'on en ait dit, ce mont n'a pas de cratère à son sommet, et n'en a jamais eu ; son nom vient de *podium dumens*, que lui donnèrent les Romains, et ce mot de *podium*, qui signifie élévation, terrasse, est l'origine du nom de Puy que portent un si grand nombre de montagnes de l'Auvergne. Soixante volcans éteints ont encore leurs cratères béants autour de l'immense soulèvement du Puy-de-Dôme, dont l'un le Puy-de-Nardailhat, a vomi cette étonnante masse de laves nommée la Serre, qui occupe douze kilomètres d'étendue.

Cette chaîne de volcans se prolonge dans l'ancien Vivarais (département de l'Ardèche) où l'on trouve de curieux restes volcaniques ; sans les décrire, je citerai le cratère de Saint-Léger, près des bords de l'Ardèche qui exhale du gaz carbonique, comme la fameuse grotte de Pouzzoles près de Naples, le pont de la Beaume, grande coulée volcanique formant des prismes inclinés dans diverses directions et posés sur une rangée de prismes plus gros, placés perpendiculairement les uns à côté des autres ; la montagne de Chenevari, qui, du côté du nord, présente le singulier aspect d'une colonnade basaltique de deux cents mètres de développement ; près du bourg de Vals, la chaussée des Géants, réunion de prismes basaltiques, qui bordent les deux rives du Volant ; non loin du pont de Bridon, la cascade qui tombe en bouillonnant du haut d'une montagne formée de basaltes semblables ; le majestueux amas de prismes, près du pont de Rigodel ; la magnifique chaussée formée de colonnes gigantesques, près du village de Colombier ; la belle cascade de la Gueule d'Enfer, qui tombe du haut d'un rocher de granit de plus de cent soixante mètres de hauteur, recouvert de laves prismatiques ; le pont naturel d'Arc, sous lequel coule l'Ardèche, pont formé d'une arche à plein cintre, de soixante mètres de largeur et de trente d'élévation, percé dans un roc calcaire, qui coupe transversalement une délicieuse et romantique vallée : les

grottes de Vallon si curieuses à cause de la disposition de leurs stalactites. Enfin, je citerai encore les rochers de Ruoms, les uns cu-
biques, les autres pyramidaux ; le cratère du Mont-Prasoncoupe
élevé de mille mètres au-dessus de la Méditerranée ; le volcan de
Loubaresse et de la vallée de Valgorge, aux mille pics de rocs,
aux sites tantôt sauvages, tantôt gracieux.

Les Alpes, en s'avançant vers le nord-ouest, détachent le rameau du Jura, au-delà du lac de Genève, d'où sortent ensuite les
Vosges. Le Dôle, le plus élevé des sommets du Jura ainsi que le
Reculet, dépassent dix-neuf cents mètres. Dans les Vosges l'élévation dominante est la Tête-d'Ours qui atteint à quatorze cents mètres. Le rameau du Jura est couvert de neige dans ses points les
plus élevés pendant six mois ; au-dessous il se couvre de pins et de
genevriers, plus bas de vallées fertiles. Les sites du Jura et des
Vosges sont plus harmonieux que terribles ; dans ces montagnes
secondaires, les accidents de terrain sont peu saillants et la nature
n'y a taillé les rocs, précipité les chutes d'eau qu'en diminutif des
types placés dans les élévations du premier ordre.

En continuant leur tracé, les Alpes produisent le groupe du Saint-
Gothard, les trois chaînes helvétiques, la chaîne Rhétienne ou du
Tyrol, les petites chaînes du nord et du sud, les Alpes Noriques
(Autriche), les Carniques et Juliennes (Venise, Croatie), enfin les
monts Hercynio-Karpathes, qui s'appuient d'un côté au Balkan ou
Hémus de la Thrace, de l'autre aux Alpes par les Ardennes, vaste
chaîne couvrant de ses ramifications et de ses contreforts la Pologne, la Hongrie, la Silésie, la Bohême, la Saxe, et finissant dans
nos départements du nord-est où ils se rattachent aux Vosges.
Quelques beautés que renferment ces monts, je ne puis vous en
parler en particulier ; j'en signalerai les plus saillantes en exposant
les principales curiosités de l'Europe par ordre de position géogra-
phique.

Si nous entamons l'Europe par sa partie orientale, nous nous
trouverons dans les possessions turques, pays trop peu exploré pour
être parfaitement connu. En suivant la route du nord, au sortir de
Constantinople, on traverse Andrinople et sa plaine, et l'on arrive
dans le mont Hémus ou Balkan, qui renferme des sources thermales très nombreuses ; les cimes de l'Hémus n'ont pas une grande
élévation, c'est une suite d'étages de collines verdoyantes semées
de rochers, mais remplies de défilés bordés de rocs perpendiculaires comme des murs. La Thessalie, contrée si renommée dans
l'antiquité, doit être d'une fraîcheur et d'un aspect semblable à

celui de la Suisse, avec sa délicieuse vallée de Tempée, et ses amphithéâtres boisés du Mont-Olympe, du Pinde, de l'Ossa et du Pélion ; mais la beauté de ses sites n'est plus connue que par des souvenirs classiques. Aujourd'hui, comme au temps de Léonidas, il faut traverser les gorges étroites des Thermopyles, pour passer de la Thessalie dans l'Hellade ou Grèce propre, pays qui renaît à la nationalité, à l'indépendance. Partout, en Grèce, les sites sont pittoresques, partout la terre fertile ; là, où elle est inculte, loin de se couvrir d'âpres bruyères ou de genêt sauvage, elle se pare d'un tapis parfumé de plantes aromatiques, source inépuisable pour la précieuse abeille. Dans les belles eaux de la Méditerranée grecque, la poétique mer Egée, se baignent, semblables à une troupe de cygnes, les douces Cyclades, si fertiles, si admirablement boisées, où mûrissent la canne à sucre et des raisins dont on tire les vins les plus précieux; îles à l'aspect calme, autrefois cratères de volcans sous-marins. Paros est une des plus célèbres par ses marbres si recherchés des sculpteurs antiques. Dans l'archipel grec, les grottes d'Antiparos et de Polycandro, jouissent d'une grande renommée. D'après le récit de Tournefort, la grotte d'Antiparos s'annonce à l'extérieur par une sorte de caverne rustique, on s'y enfonce et bientôt on se trouve au milieu de précipices affreux, on s'y glisse le long d'un câble, on s'y coule sur le dos, en suivant la pente des rochers, on franchit sur des échelles des crevasses dont le fond échappe à la vue, et de tant de fatigues on est dédommagé par les beautés d'une des grottes les plus remarquables de notre univers. Tournefort y vit des stalactites admirables revêtant mille formes végétales, tantôt des feuilles d'acanthes aux volutes gracieuses, tantôt des festons de pampres, des corymbes de fleurs ; il sortit persuadé que ces concrétions calcaires végétaient réellement ; d'autres stalagmites semblent des draperies pétrifiées et sont du blanc soyeux le plus éclatant ; plus loin, les concrétions figurent des pilastres gothiques, des tours découpées en dentelles de pierre comme celles de nos cathédrales du moyen-âge, ou bien elles forment des cloisons, des cabinets fantastiquement sculptés ; il semble que l'on soit dans les palais souterrains de quelques Gnomes, si célèbres dans les poésies et les récits des hommes du nord. Au fond de la grotte est une blanche pyramide, haute de huit mètres, entièrement sculptée par la nature et ornée d'une profusion de volutes, d'enroulements, de choux-fleurs, de corymbes; cette pyramide, entièrement isolée des autres stalagmites, est nommée l'Autel, depuis que l'ambassadeur français de

Nointel, y fit célébrer la messe le jour de Noël 1673. Rien n'égale l'éblouissante splendeur de la grotte d'Antiparos, lorsqu'elle est éclairée par des torches habilement disposées.

La grotte de Polycandro n'est pas ornée de blancs stalactites, mais de concrétions ferrugineuses, rougeâtres, dont les unes, surtout celles de la voûte, brillent comme de l'or dont elles ont l'éclat et la couleur.

La Grèce renferme un grand nombre de grottes et de cavernes produites par des affaissements souterrains qui ont dû s'opérer à l'époque où l'action volcanique du feu intérieur forma l'Europe. Une des plus remarquables est le fameux labyrinthe de Gortyne, dans l'île de Crète. C'est un vaste assemblage de salles souterraines, d'antres, de rues, de recoins creusés sous le mont Ida, et qui ont été en partie agrandis, mais non façonnés par la main des hommes; au centre se trouve une route principale, longue de mille mètres, qui conduit à une vaste et belle grotte, dont les parois ont été évidemment taillées et polies.

La caverne ou antre de Trophonius, si célèbre par les jongleries dont s'y servaient les Grecs superstitieux, existe encore en Béotie; l'entrée en est abrupte, et on descend en se laissant glisser sur des rochers en talus. Après la pente on se trouve dans de vastes cavernes qui forment une sorte de labyrinthe. Au nord de la ville de Delphes, est la grotte Corycios, éclairée par le soleil, quoique profonde et assez vaste pour avoir servi de retraite aux habitants de la ville d'Apollon, pendant l'invasion de Xercès. Le mont Parnasse est tout rempli intérieurement de ces affaissements souterrains, et dans plusieurs il se dégage cette vapeur carbonique qui convulsionnait, sur son trépied, la prêtresse pythyque, et l'excitait à proférer des paroles rythmées, lorsqu'elle rendait ses oracles.

Dans l'Albanie ou Epire, au confluent de l'Aous et de la rivière Suchista, est placé le Nymphœum, ou carrière de bitume asphalte des anciens, retrouvée par M. Pouqueville. Ce lieu était autrefois célèbre par les flammes de gaz hydrogène carboné qui s'élançaient de terre au milieu des sources et des prairies verdoyantes. Le phénomène est rare et moins intense aujourd'hui qu'autrefois.

De la Grèce et des provinces turques européennes, on passe dans la Hongrie : ici se trouvent les monts Hercynio-Karpathes, ou monts Krapachs, dont la grande branche s'étend sur une ligne demi-circulaire de huit cents kilomètres. Suivant Malte-Brun, ces monts sont un terrain élevé, parsemé de groupes isolés, de petites chaînes, et terminé au nord-ouest et au sud-est, par deux grands massifs de montagnes.

Le massif du sud-est forme les Alpes Bastarniques ou Daciques, et celui du nord-ouest, les monts Krapachs, proprement dits. Le mont Tatra est le plus élevé des Krapachs de Hongrie ; il renferme, ainsi que les groupes inférieurs qui l'entourent, de riches mines métalliques.

Au milieu des montagnes et des plaines Hongroises existent plusieurs lacs et une quantité prodigieuse de marais. Le lac Palic est un des plus remarquables ; il a douze mètres de profondeur ; son fond dur et solide est une couche de sel qui contient de la potasse et de la soude.

Au milieu des montagnes de seconde formation ou de calcaire jurassique des comtés de Thurocz, Leptan, Arwa, sont creusés d'immenses cavernes dont le sol argileux est rempli d'ossements de grands mammifères : les stalactites y abondent, et dans la caverne noire (Czierna), les eaux en se congelant dans ces glacières naturelles, ont produit des obélisques de glace, dont l'éclat contraste avec le sombre des voûtes ténébreuses qui les couvrent. Vers la base du Tatra coule un ruisseau qui, au dire des gens du pays, fait sortir le sang des pieds. Ce qu'il y a d'exact, c'est que le ruisseau tient des sels minéraux en dissolution, et qu'il cause des maladies aux paysans qui fauchent les foins des prairies qu'il arrose. Les rochers de Szulyo sont peu éloignés de ce ruisseau. Leur amphithéâtre, taillé à pic, enferme d'un mur infranchissable un village solitaire. Ailleurs on voit les trois lacs vert, noir et blanc, qui doivent leur teinte, en partie, au reflet des rochers voisins et à la nature de leur fond.

Deux grottes singulières se voient encore dans le comté de Torna. La première celle d'Agtelek, a une étendue immense et se compose d'un labyrinthe de cavernes et de routes souterraines, orné d'admirables stalactites ; la seconde la grotte de Szilitze, se remplit de glace pendant les grandes chaleurs de l'été et devient un dépôt précieux de rafraîchissements pour les villages voisins ; le passage subit des eaux qui y coulent, du chaud à une température basse, et la soustraction rapide de leur calorique, produit cet effet singulier. En hiver, la grotte devient le rendez-vous général des martres, renards, lièvres, mouches et chauve-souris, qui viennent y chercher une température plus douce que celle du dehors.

Dans la Croatie, on remarque la rivière Gyula, qui n'a aucun écoulement visible ; la Sluinchieza qui s'engouffre et disparaît dans un profond précipice après avoir formé quarante-trois belles chutes. Le vent du nord, que les Croates nomment Borra, souffle avec une intensité extraordinaire dans ce pays ; sa violence est telle qu'il soulève des pierres et autres objets d'une pesanteur considérable et les lance à de grandes distances. Ce terrible Borra rend le canton de Rudaicza, où il souffle perpétuellement, stérile et inhabitable.

En sortant de la Croatie, et en se dirigeant vers le nord, on passe dans la Russie méridionale. Dans la Bessarabie ou Basse-Moldavie russe, le voyageur ne trouve que lacs, marais, fondrières, bas-fonds, pâturages verdoyants mais fangeux. En suivant ce dédale aquatique, on arrive à la mer d'Azof et dans la Crimée, sans avoir été arrêté par des beautés d'un ordre supérieur. Viennent ensuite les steppes des Cosaques, les landes du Wolga, et les terrains bas de l'Ural et du Tereck. Dans le gouvernement de Permie, sur les rives de la Kama supérieure, commencent les riches monts Urals, dont les mines fournissent à la Russie, du fer, du cuivre, de l'or, du platine, du sel et des pierres précieuses. Les étages inférieurs sont calcaires et renferment de belles cavernes, vastes catacombes où gisent les ossements de l'éléphant ancien, du mastodonte et autres grands mammifères. La caverne de Koungour est divisée en quatre salles immenses dont l'étendue échappe à la vue, ornées de cristallisations magnifiques, et de réservoirs qui figurent de petits lacs.

Plus loin, vers la mer Blanche, on entre dans la région des lacs ; ils sont tellement multipliés qu'on n'en compte pas moins de mille neuf cent quatre-vingt-dix-huit, dont les principaux sont le Ladoga et l'Onéga, qui méritent le titre de petites mers : dans ce pays des eaux, les cataractes, les chutes, les cascades retentissent de toutes parts au milieu des rochers de granit ; de nombreuses îles s'y découpent en rivages festonnés, couvertes de bouleaux au feuillage argenté, et tapissées de lichen, de mousses à teintes blanches. Le site est mélancolique, solitaire, fréquenté par la renne, la marte et le rat lemming, plus que par l'homme.

En sortant des solitudes polaires, domaine du Lapon, une sorte d'isthme resserré entre la mer Blanche et la mer Baltique, se présente à l'exploration : c'est la Finlande, où nous remarquerons en passant rapidement, les Chaudières des Géants, excavations circulaires, creusées dans les rochers, formées par l'action des eaux à une époque reculée, et la ceinture des rocs de granit taillés à pics, hérissés d'obélisques naturels, de pointes aiguës, qui enserre

4

surtout au midi, les côtes de la Finlande et les rend presque inabordables. La barque du pilote s'engage dans des passes difficiles, où se précipitent d'impétueux courants qui cachent sous l'écume de leurs ondes courroucées de dangereux récifs témoins de plus d'un naufrage.

De la Finlande nous passons dans l'Ingrie sans nous arrêter, quant à présent, à sa grande merveille, Pétersbourg, la ville de Pierre-le-Grand. En Livonie, pays au terrain granitique, les hauteurs qui ne dépassent pas trois cent cinquante mètres n'ont aucun accident digne d'être observé. La Russie n'offre rien non plus qui frappe les sens, soit par la singularité, soit par l'inattendu. Dans la Lithuanie, on rentre dans un dédale inextricable de forêts et de marais fangeux.

Dans la Pologne, les phénomènes météorologiques sont plus curieux que les accidents du sol. Les aurores boréales, les météores dits étoiles tombantes, qui forment de véritables pluies de feu, les globes ignés, les nuages électriques enflammés, les lueurs phosphoriques sont très fréquents.

La Pologne autrichienne ou Gallicie, est riche de puissantes couches de sel que renferment les monts Krapachs, du côté du nord, couches dont le gisement est dans une argile sablonneuse que surmonte une couche de sable fin, puis de l'argile, et dans quelques points des bancs de sulfate de chaux (pierre à plâtre). C'est dans cette province que se trouvent les fameuses mines de Bochnia et de Wieliczka, que je vous décrirai plus tard.

La Prusse, la Saxe, sont d'admirables pays bien cultivés, souvent pittoresques, mais plus curieux à parcourir pour l'antiquaire et le savant que pour l'homme qui recherche les singularités naturelles ; le minéralogiste y verra avec intérêt les mines de sel, de houille et de métaux divers qu'on y exploite.

Au nord de la Moselle et jusqu'au-delà du cours du Rhin, reparaissent les montagnes à volcans ; elles ont la plus grande analogie pour la forme et la disposition avec les monts ignivomes de l'Auvergne, elles ont dû être en activité à la même époque. La plus grande curiosité de l'Allemagne méridionale, c'est le Rhin et sa vallée, vallée pittoresque s'il en fût, bordée de belles montagnes, boisée tantôt de noirs sapins, tantôt de magnifiques arbres forestiers ; sur les croupes de ces hautes collines surgissent de toutes parts de vieux châteaux féodaux, les uns parfaitement conservés, les autres, amas de ruines où une vieille tour lézardée, chancelante, élève enco e son front dépouillé dans les airs. Sur les

bords des eaux du fleuve se mirent de grandes et belles cités, ornées de saintes cathédrales aux murs festonnés et ciselés, aux
tours qui semblent lutter avec les monts voisins à qui s'élancera le
plus haut vers la région des orages. Puis vient la Forêt Noire, ce
noble débris de la vieille Hercynie, qui s'étendait dans les temps
héroïques de notre Europe, depuis le nord de la Gaule jusqu'à la
frontière de la Chine ; grand chemin des fils de l'Asie, soit qu'ils
vinssent peupler l'Europe vierge et inhabitée, soit que, hordes
rapides, ils courussent venger les crimes d'une civilisation usée,
décrépite, et renverser l'empire des César de Rome dégénérée.

La source du Rhin est dans le mont Saint-Gothard, en Suisse ;
ce fleuve coule en décrivant mille replis tortueux jusqu'à Constance
où ses eaux, en s'étendant, forment un beau lac. Le Rhin a plusieurs chutes ou cataractes : la première est dans le canton de
Zurich, à une lieue de Schaffouse, près du village de Lanffen ; elle
tombe du haut des rochers avec un fracas épouvantable qui se fait
entendre à douze kilomètres plus loin lorsque le temps est calme.
Un brouillard, formé d'eau divisée en particules très fines, se colore
de tous les feux de l'iris lorsque le soleil brille. La seconde chute,
moins importante, est voisine du village de Coblentz ; elle est produite par une barre de roches qui coupe le lit du fleuve et ne laisse
au milieu du courant qu'un étroit passage à peine suffisant pour
une barque de pêcheur. Parvenu près de la mer, le Rhin, imposant
par son volume, se sépare en deux branches, produit un vaste
delta comme le Nil, puis se perd dans l'Océan par plusieurs embou-
chures

Une dernière et importante curiosité de l'Allemagne, c'est la
caverne de Gailenreuth en Bavière. Elle a son entrée percée dans
un rocher vertical, l'arc de son ouverture est de deux mètres cinquante de haut. On se trouve d'abord dans une sorte de vestibule,
long de vingt-sept mètres d'où l'on passe dans une grotte dont la
voûte a six mètres d'élévation, quarante de longueur et treize de
largeur, la voûte s'abaisse ensuite sensiblement jusqu'à n'avoir
plus qu'un mètre soixante de hauteur. A l'extrémité, on trouve
un passage étroit puis divers corridors par lesquels on arrive à une
troisième grotte dont le diamètre peut avoir dix mètres et la hauteur de un mètre cinquante à deux mètres. Ici l'on est frappé d'é-
tonnement en examinant le sol, qui est pétri de dents et de mâchoires. A l'entrée de cette grotte, une cavité de cinq mètres dans
laquelle on descend avec une échelle, conduit à une voûte de cinq
mètres de diamètre sur dix de haut ; près de cette voûte, on voit

une grotte jonchée d'ossements. En descendant encore un peu une nouvelle arcade conduit à une autre grotte terminée par un gouffre, dans lequel on descend pour pénétrer dans une caverne également remplie d'ossements. Un couloir mène à une grotte, un second couloir à une autre encore, et enfin à une troisième haute de vingt-sept mètres, plus abondante en ossements que les précédentes. Mais ce n'est pas encore l'extrémité de ce labyrinthe ; plus loin est une autre caverne, enfin des fissures inexplorées qui conduisent probablement dans des cavités inconnues ; car en 1784, en pénétrant par une de ces fentes, on parvint dans une grotte entièrement remplie d'os de lions et d'hyènes, animaux qui n'auraient pu y pénétrer vivants, l'ouverture étant trop étroite. Tant d'ossements entassés par milliers dans ces cavernes, ne peuvent y avoir été entraînés que par les eaux du déluge, lorsque le continent se souleva, et qu'il se fit des fissures intérieures dans lesquelles les eaux se précipitèrent.

De l'Allemagne, nous sommes conduits naturellement en Suisse, pays où tout est beauté : il faut donc renoncer à esquisser, même brièvement, les monts à la tête de neige perdue dans les nuages ; les rochers, les cascades, les défilés, les vertes forêts, les vallées et leurs magnifiques lacs aux eaux limpides qui réfléchissent l'azur du ciel ; le nombre en est trop grand ; il faudrait, pour en parler dignement, un temps dont je ne puis disposer dans nos entretiens.

Abordons actuellement la belle Italie : l'Italie si riche en monuments et en souvenirs historiques. D'abord, son Apennin qui la divise en deux versants dans toute son étendue, nous apparaîtra. Comme toutes les chaînes subalpines, l'Apennin n'a pas de crêtes très élevées : le Monte-Amaro, son sommet culminant n'a que deux mille huit cent mètres. Dans l'Apennin, les sites diminuent de majesté, comme le Jura et les Vosges ; souvent ils sont âpres et sauvages, quelquefois frais et gracieux.

Sur le versant des Alpes rhétiennes, les eaux, en descendant des montagnes, se réunissent dans des bassins et forment des lacs : tels sont le lac Majeur, celui de Lugano, de Côme, d'Iseo, de Garda, vastes et superbes nappes d'eau. Dans l'intérieur, sont disséminées en grand nombre des sources minérales, dont plusieurs chaudes, médicaments puissants que le Créateur a semés dans toutes les contrées, pour rendre à l'homme la force et la santé.

L'Italie possède un beau volcan, en activité depuis un grand nombre de siècles, c'est le Vésuve ; c'est la dernière des bouches ignivomes qui ont autrefois hérissé la chaîne de l'Apennin. Près du golfe de Naples, divers cratères ont successivement vomi la lave embrasée ; la plaine de Capoue n'est formée que de débris volcaniques ; Naples, elle-même, est assise sur un antique courant de laves. Le lac Arverne, celui d'Agnano, sont d'anciens cratères que les eaux remplissent aujourd'hui. Le solfatare, qui n'exhale plus que des vapeurs sulfureuses, a lancé, dans des temps éloignés, les matières volcaniques les plus denses. Le Vésuve, semblable au Cantal et au Puy-de Dôme, est le centre des cratères volcaniques de l'Italie. Il a quarante kilomètres de tour et onze cent quatre-vingt-dix mètres de hauteur ; son cratère est profond de cent quinze mètres. On y distingue aujourd'hui deux sommets : la Somma et l'Ottoyano. Il est très escarpé. Toutes ses pentes sont cultivées jusqu'à l'Ermitage ; elles sont d'une prodigieuse fertilité ; c'est là que se récolte le célèbre vin de *Lachryma-Christi*. Le Vésuve a probablement vomi des laves dès les temps les plus anciens; mais sa première éruption connue est celle qui eut lieu en l'an 79 de notre ère, et qui détruisit Herculanum, Pompeï, Stablies ; cinquante autres éruptions ont suivi, notamment en 472, 512, 993, 1306, 1500, 1779. 1794, 1817, 1832, 1834, 1839, 1850, 1862, 18...

Pendant celle de 1558, un petit volcan se forma dans le sein du lac Lucrin, et le sépara de la mer avec laquelle il communiquait. L'éruption de ce volcan forma le Monte-Nuovo, colline de deux mille sept cents mètres de circonférence et de cent trente mètres de hauteur Le Vésuve correspond, par son foyer, avec l'Etna, le volcan de la Sicile ; à la vérité, on peut regarder tous les volcans comme en correspondance, puisqu'ils puisent au grand foyer central de la terre. L'Etna, ou Gibel, est le volcan gigantesque de l'Europe; sa hauteur est de trois mille quatre cents mètres ; il forme trois étages, et dans le supérieur est percé son cratère : le feu sort du milieu des neiges Ses éruptions sont connues de temps immémorial. La Fable nous montre les géants Encelade et Tiphon ensevelis vivants sous l'Etna ; c'est là aussi que Vulcain et les cyclopes forgeaient les foudres de Jupiter. Les villes anciennes de Naxos, Inessa, Hybla et plusieurs autres ont été détruites par les éruptions du volcan. Les plus terribles dans les temps modernes sont celles de 1183, qui fit périr 15,000 habitants; de 1669, qui en détruisit 20,000 ; de 1693, 60,000 ; les plus récentes sont de 1809, 1830 et 1843. Plusieurs fois la lave a été sur le point de submerger Catane.

Eupédocle voulut, dit-on, descendre dans le cratère de l'Etna : il y périt. Dans ces derniers temps divers voyageurs s'y sont fait descendre avec des cordes, mais il a fallu bientôt les remonter.

La végétation à la base et sur les flancs est magnifique : c'est sur cette montagne que se taouve le châtaignier *di cento cavalli,* sous lequel 100 chevaux tiennent à l'aise : il a trente sept mètres de circonférence.

Aux environs de l'Etna et du Vésuve, se produit un singulier phénomène, connu sous le nom de salses : ce sont des espèces de volcans de boue. On en observe un surtout à Sassuolo, près de Modène. Plusieurs petits cônes lancent, les uns du gaz hydrogène qui s'enflamme dès qu'on approche un corps en ignition, les autres projettent avec le gaz, de l'eau ou de la boue. Aux salses de Sassuolo, il suffit d'enfoncer un bâton dans la vase pour causer une éruption d'eau en forme de jet. C'est la pression du gaz hydrogène qui entraîne le liquide et le force à jaillir avec lui au-dehors. Entre le Vésuve et l'Etna sont les îles Lipari, anciens volcans sous-marins, dont le sol est entièrement composé de déjections volcaniques.

Nous reviendrons d'Italie dans l'Europe centrale, en traversant la Péninsule Ibérique. Le Portugal, pays sujet aux tremblements de terre, est une preuve que ce terrible phénomène reconnaît pour cause une impulsion communiquée par le centre du globe, car le célèbre tremblement de terre qui causa la ruine de Lisbonne, en 1755, fut ressenti au même moment, en Afrique, en Irlande et en Amérique.

En parcourant l'Espagne, il faut consacrer quelques moments à visiter le Mont-Serrat dont la base a une circonférence de trente-deux kilomètres ; son sommet domine la région des nuages, ses terrasses semées d'ermitages et de monastères, renferment quelques cavernes ornées de brillantes stalactites. Du Mont-Serrat on se rend a Cardona, lieu célèbre pour son banc de sel gemme qui est exploité à ciel ouvert. Les mineurs ont creusé jusqu'à cent mètres de profondeur. Rien n'approche de la magnificence de cette vaste cavité ; lorsque les rayons du soleil plongent dans son intérieur, les cristaux limpides du sel brillent et scintillent, ils semblent ruisseler le feu et la lumière ; telle partie se nuance de vert, de bleu, de rouge, de violet, et surpasse en éclat les plus riches pierres précieuses ; on dirait d'un vaste trésor renfermant les richesses merveilleuses imaginées par les Arabes dans leurs poétiques et féeriques récits ; c'est là où ils ont puisé pour élever les palais des Aladin et des Haroun-al-Raschild.

Les cascades de Saint-Michel offrent un spectacle non moins splendide ; au milieu des montagnes d'où l'on jouit des perspectives les plus belles de l'Espagne, se précipite une imposante masse d'eau qui se brise sur des rocs fantastiquement découpés, et se divise en mille cascad s écumantes; c'est un des plus beaux sujets d'étude de ce genre qu'un peintre puisse choisir.

D'Espagne, nous redescendons en France, dont les beautés naturelles des montagnes nous sont déjà connues, nous traverserons donc rapidement plusieurs départements, et nous arriverons dans celui de la Haute-Loire qui contient aussi des monuments volcaniques ; le plus curieux pour le géologue, est la Roche-Rouge ; c'est une pyramide volcanique de trente-trois mètres de hauteur, entourée d'une ceinture de granit rouge, et qui a retenu dans sa masse des blocs de granit qui hérissent sa surface de la base à la pointe. C'est un des plus curieux exemples du soulèvement des terrains par l'action des feux souterrains. Il faut ensuite visiter le temple naturel, près du village de Gounet, sur les bords de la Loire. Un courant de lave a pris la forme d'un édifice de soixante mètres de hauteur orné de colonnes et d'une tour cylindrique, terminé par un toit conique.

Le département de la Charente, arrosé par neuf rivières, possède plusieurs singularités dignes de remarque : 1º le lit de la Tardouère, parsemé d'une prodigieuse quantité de gouffres qui absorbent la moitié des eaux de la rivière; 2º la Bandiat, rivière dont les eaux se perdent comme celles de la précédente et par les mêmes causes; sa vallée est bordée de collines calcaires et d'immenses cavités tapissées ds stalactites du plus bel effet ; 3º le Taponnat qui se perd dans des gouffres profonds après un cours de quelques lieues

Le département du Finistère qui termine la Péninsule armoricaine, est célèbre par ses côtes granitiques, hérissées de caps et de récifs, qu'entoure un océan brumeux, fécond en tempêtes. Les noirs rochers de Penmark sont remarquables au milieu de ce chaos de falaises abruptes par leur aspect morne et sauvage. Mais c'est surtout pendant la tempête que ces rochers deviennent le théâtre de scènes aussi grandes que terribles ; les vents déchaînés soulèvent en montagnes écumantes les masses rugissantes des flots de l'Océan, les soutiennent comme des murailles gigantesques, les roulent avec fracas, et les précipitent sur les dentelures du sombre granit où, furieux, ils se brisent avec un bruit qui couvre les roulements et les éclats de la foudre. Malheur au navire qui se trouve en vue de ces rocs redoutables, quand les nuées pesantes et plombées pressent l'air et le font tourbillonner, quand la grande voix de l'Océan mugit, et que ce vieux dominateur du monde sort de sa couche humide pour assiéger les rivages et tenter de les reconquérir.

Nous retrouvons encore des grottes dans le département de la Côte-d'Or : celles d'Arcy-sur-Cure, composées de vastes salles communiquant par des passages si étroits qu'on ne peut les franchir qu'en rampant sur le ventre. Ce qui rend ces grottes dignes d'attention, c'est un lac dont on ne peut trouver le fond qui remplit une d'elles, et de magnifiques stalactites en forme de colonnes, sonores au moindre choc, qui rendent diverses notes aiguës et graves, dont les échos, se prolongeant dans les détours du labyrinthe, produisent une mélancolique harmonie.

La grande île située au-delà du détroit de la Manche, est la patrie de l'industrie, des riches et commerçantes cités ; elle est renommée pour sa fertilité, ses beaux ombrages, ses magnifiques forêts, mais elle possède un fort petit nombre de merveilles naturelles. Dans le comté de Lancastre, à huit kilomètres de la ville de ce nom, est une caverne qui engloutit un ruisseau considérable dont la chute dans les abîmes souterrains produit de belles cascades. Le comté de Chester mérite d'être visité ; il renferme un groupe de petites montagnes surmontées d'une centrale plus grande, nommée le Haut-Pic. Ce groupe a des perspectives ravissantes, il est percé de grottes dont l'espace et la hauteur effrayent l'imagination ; on voit dans leur intérieur d'abondantes cascades qui se précipitent dans des gouffres sans fond connu.

Le pays de Galles est aussi un des cantons pittoresques de la Grande-Bretagne. Des montagnes peu élevées hérissent la surface de cette province, et lui donnent quelque chose de l'aspect des Alpes, par leurs flancs nus, déchirés, par leurs aiguilles de rocs, leurs chutes d'eau, et les petits lacs des vertes vallées. Mais la partie la plus romantique de l'île, c'est l'Ecosse, avec ses monts Chaviots et Grampians, aux têtes chenues, aux versants escarpés, aux vallées profondes, entrecoupées de lacs et de bruyères. Près du vieux château de Dumbarton, est le magnifique lac Lomond, semé de gracieuses îles boisées et dominé par la masse imposante du Ben-Lomond. Dans le district d'Athol, l'Almond forme une cascade de quatre-vingt-dix mètres avant de se jeter dans le Tay, et plus loin deux rocs inclinés, se joignant au-dessus de la rivière, produisent un pont naturel d'une seule arche.

Dans l'île de Staffa, une des Hébrides, on admire une magnifique grotte basaltique, décrite pour la première fois en 1772, par

sir Joseph Banks, l'illustre compagnon de Cook. La grotte de Staffa
est connue en Europe, on ne sait trop pourquoi, sous le nom de
grotte de Fingal ; l'expression celtique An-na-fine, dont les naturels se servent pour la désigner, signifie la caverne harmonieuse ;
Staffa, dans la même langue, veut dire bâton, colonne ; c'est un
nom qui a été donné à cette île à cause des beaux prismes de basalte qu'elle renferme en abondance.

An-na-fine est admirablement et poétiquement nommé par les
Galls des Hébrides ; car lorsque le vent de la tempête soulève les
flots, son souffle impétueux fait résonner les prismes comme des
cordes sonores : alors il s'échappe de la mystérieuse caverne une
harmonie grave et religieuse qui semble un chœur des génies des
orages. Staffa tout entière est un immense soulèvement de matières métalliques du noyau central terrestre, qui, refroidies par le
contact des eaux et de l'atmosphère, s'est cristallisé en colonnes
prismatiques si régulières, qu'elles semblent un ouvrage d'art. Un
vide énorme entre les prismes a produit la grotte harmonieuse ; la
mer pénètre dans son intérieur. L'aspect de cette belle grotte rappelle les mille colonnettes, groupées en piliers, des cathédrales gothiques ; la voûte se termine même çà et là en ogives imparfaites ;
le fond est fermé à la manière des chœurs de nos églises. Au
milieu de la muraille de droite, on voit un enfoncement terminé
par un siége naturel que l'on désigne sous le nom de fauteuil de
Fingal. Dans plusieurs endroits les prismes basaltiques sont cimen-
tés par un enduit calcaire qui contient un oxyde de fer d'un jaune
d'or éclatant ; ailleurs, la roche est teintée de vert et d'orangé clair,
mais le spectacle n'est jamais plus beau que lors des temps calmes ;
le reflet de l'azur de la mer ajoute un charme indescriptible à la
variété de ces riches couleurs.

Ici, je terminerai l'exposé rapide des principales curiosités et
singularités dont la nature a orné notre Europe. Il est une région
dont je n'ai rien dit, c'est la région septentrionale extrême, qui a
été peu décrite, mais que l'on ne doit pas supposer déshéritée de
tout ornement. La Norwége, par exemple, a un aspect pittoresque, ses montagnes sont peu élevées, mais comme celles de l'Ecosse,
et plus même, peut-être, elles sont accidentées, surmontées de
glaciers dont la tête blanchie par un hiver éternel, contraste avec
la sombre verdure des sapins des régions inférieures ; les chutes,
les cataractes, les gouffres, les rocs éboulés ou chancelants, les lacs,
la voix imposante de l'aquilon, donnent à un grand nombre de ses
sites une teinte rude et sauvage.

ASIE

IV. — Curiosités et singularités. —
Notice : ABEL RÉMUSAT.

L'Asie, berceau du genre humain, pépinière des peuples, n'est que déserts sablonneux, odoriférants Edens, lacs et montagnes. Dans cette partie du monde, la nature s'est plue à émettre en opposition le luxe des végétaux et la fertilité avec la stérilité nue et dépouillée ; les régions populeuses, retentissant des mille bruits de l'agitation des intérêts, avec la solitude silencieuse. Dans le centre de cette belle contrée, s'élève un immense plateau, qui semble un continent jeté sur un autre continent, et au-dessus encore, pyramident deux massifs de montagnes qui sont comme le noyau de toutes les chaines du globe. La base de cette prodigieuse terrasse est un assemblage de montagnes nues, de rocs immenses, de plaines disposées en gradins.

Du côté qui se lie à l'Europe, le sol asiatique forme une sorte d'isthme très vaste, limité par les eaux de la Caspienne, le plus grand lac du monde, et d'un autre côté par les rives de la mer Noire ; le mont Caucase, aux sourcilleux sommets, divise cet isthme comme le ferait une muraille transversale. Ce beau système de montagne est célèbre dans les fastes historiques, comme ayant servi de patrie primitive à la race Indo-Européenne, dont ces peuples sont encore le plus beau type. Le Caucase tire son nom des mots zend, caw, cas, pi, montagne blanche, et il le doit aux glaciers et aux pics neigeux de sa partie centrale. Les rochers, les cascades, les précipices du Caucase, sont plus largement dessinés que les accidents semblables de nos Alpes ; ses défilés surtout sont extraordinaires. Que l'on se représente des sentiers si étroits qu'ils livrent à peine passage à un homme ; sentiers tantôt suspendus entre des abimes de plusieurs centaines de mètres de profondeur, tantôt creusés entre deux murs de rochers à pic, entre lesquels on se glisse avec peine ; puis tout à coup s'élargissant, mais interrompus par le lit d'un torrent qu'il faut franchir ; plus loin se resserrant encore, jusqu'à ce qu'une issue, formée par le rapprochement des rocs, produise une véritable porte qu'une grille fermerait aisément. Telles sont les portes caucasiennes et albaniennes, les portes sarmatiques et caspiennes, ouvertures d'autant de défilés.

A l'est du territoire de Schamachie, le Caucase s'abaisse et s'avance en péninsule dans le lac Caspienne. Là, le terrain argileux et salin ne se recouvre que d'une végétation étiolée, faible et souffrante. Ce terrain singulier est rempli de carbone et d'hydrogène qui se distillent en fontaines de naphte et d'huile de pétrole. La principale est à Balaghan, et près d'elle s'étend le Champ-de-Feu, terrain d'où sort continuellement du gaz hydrogène carboné, qui s'enflamme dans l'air. Une peuplade guèbre, reste des anciens Aroï, disciples de Zerdust, a élevé dans ce champ de petits temples au feu qu'elle adore. Dans l'un, devant l'autel, un tuyau enfoncé en terre donne issue à un courant de gaz qui ne s'éteint jamais. Une flamme semblable et d'un beau bleu s'échappe un peu plus loin de l'ouverture d'un rocher.

L'Asie-Mineure des Anciens, l'Anatolie de nos jours, est une vaste presqu'île, dominée par le massif du Taurus, chaîne qui se rattache au Caucase, et peu connue des modernes. Au centre du rameau occidental du Taurus, doit se trouver un massif de volcans éteints, dont les fissures laissaient encore échapper des flammes dans les derniers siècles de l'antiquité. Strabon place dans la Silicie un antre romantique dont il fait une curieuse description; il indique en Lycie des terrains à jets de gaz inflammable, et des sources incrustantes près d'Hiéropolis. Les côtes de la Caramanie sont un jardin magnifique et d'une grande étendue; des forêts de lauriers et de myrtes couvrent les bords de la mer : des cèdres aux bras horizontaux et à l'ombrage épais, décorent les amphithéâtres des collines dont les terrasses dépendent des groupes du Taurus.

Lorsque l'on descend les pentes de l'Ararat et des montagnes inférieures de l'Arménie, au milieu des forêts de cèdres, d'arbres verts et de chênes, on trouve les cataractes de l'Euphrate naissant; l'abîme dans lequel il disparaît près de Bayazid; puis, à quelque distance, l'ouverture qui permet à ses eaux de réfléchir de nouveau l'azur des cieux. Le fleuve descend ensuite rapidement et avec le mugissement d'un torrent furieux, vers le défilé de Nushar; il le franchit, serpente sur une plaine élevée, se précipite de nouveau en double cataracte, et libre dès-lors de tout obstacle, il roule majestueusement dans une large vallée qui s'ouvre pour former la vaste plaine de la Mésopotamie.

La Mésopotamie, ou contrée située entre le Tigre et l'Euphrate, est un véritable jardin; les rivages des deux fleuves sont ornés de

lilas, de jasmins, de lauriers roses, de vignes, de grenadiers, d'arbres fruitiers de toute espèce. L'olivier, le tabac, le coton, la
canne à sucre, les productions végétales les plus précieuses y
croissent en abondance ; de magnifiques troupeaux paissent dans
de gras et vastes pâturages ; sur les collines se développent des forêts riches en bois de construction. Dans la partie occidentale de
cette province, trois cents sources jaillissent formant la rivière
Khabour ; plus loin s'élèvent des montagnes volcaniques ; ensuite
commence le désert, dont l'Océan sablonneux se prolonge, d'un
côté, dans l'Arabie, la Syrie, l'Egypte, se réunit en Afrique aux
plaines sans bornes du Saharah, et d'un autre côté s'avance à
travers la Perse et la Bactriane, pour joindre le Kobi et les autres
déserts de la Haute-Asie. Quelques sources saumâtres, les herbes
dures et salines, des landes couvertes d'absinthe amère, de mimosa
maigre et buissonneux, voilà quelle est la végétation habituelle de
ces solitudes que foulent d'immenses troupeaux de gazelles sveltes et légères, des hordes d'ânes sauvages à haute stature, au
pied véloce et toujours assuré. Sur le bord des eaux, le lion et la
panthère campent dans les joncs et les rameaux, guettant la proie
timide qui doit assouvir leur faim ; les rugissements de ces terribles animaux dominent seuls le silence de ces sauvages solitudes.
Çà et là, semblables à des îles, sont semés de verts et riants oasis ;
autour d'une source d'eau vive et abondante dont le cristal reflète
le feuillage gracieusement incliné du saule de Babylone, s'élève le
mobile panache des palmiers et la cime flamboyante du grenadier ;
le tamarinier étale ses fruits agréablement acides ; le citronnier,
ses pommes d'or rafraîchissantes. C'est alors que le voyageur,
épuisé de fatigue, de soif et de chaleur, savoure avec bonheur
l'eau délicieusement fraîche de la fontaine, et bénit Dieu de ce
qu'il a répandu si abondamment ses dons jusque dans les lieux
les plus arides.

Les aspects pittoresques de la riche Mésopotamie se reproduisent en Syrie et dans la fertile Galilée. Cette ancienne province
du pays des Hébreux semble être la patrie de la vigne, les ceps y
prennent jusqu'à soixante centimètres de diamètre, et leurs branches s'allongent horizontalement, puis retombant en festons gracieux, forment des salles de verdure ; une seule grappe de raisin,
longue d'un mètre suffit au repas de toute une famille. Entre la
Syrie proprement dite et la Palestine, s'élève le Mont-Liban, jadis
renommé pour ses forêts de cèdres.

Aujourd'hui le Liban est dépouillé de ces arbres majestueux, son antique parure ; les forêts qui fournirent tant de flottes aux Phéniciens et aux Hébreux, d'où sortirent des charpentes incorruptibles du palais-temple de Jérusalem, n'existent plus que dans les souvenirs ; mais ses croupes onduleuses produisent encore des lys blancs et orangés, la superbe amaryllis, et mille autres végétaux odorants et précieux. Les neiges de ses cimes, que les nuages dérobent souvent à la vue, alimentent de nombreuses cataractes qui sillonnent les rochers, les minent, et les transforment en ravins et en précipices profonds.

La merveille de la Palestine, c'est son lac Asphaltite ou mer Morte, long bassin, aux bords arides, nus, désolés, rempli par des eaux noires et salées, qui ne nourrissent aucun poisson, mais exhalent une vapeur empestée. Rien n'est plus solennellement terrible que le silence de mort de cet épouvantable désert ; pas de buisson sur les rives ; jamais elles ne retentissent de la douce musique des oiseaux, jamais les animaux des solitudes n'en approchent pour se désaltérer, à peine si le vent peut soulever la vague pesante. Le bitume détaché des couches souterraines, nage souvent à la surface et s'accumule sur la rive. Là fut autrefois une verte et belle vallée, orgueilleuse de ses cinq villes, Sodome, Gomorre, Adama, Séboim et Segor ; un seul jour a suffi pour les anéantir et les réduire en cendres. Le feu du ciel, tombé sur le terrain bitumeux, causa un vaste incendie, et lorsque la flamme disparut, il ne restait rien qu'un immense tombeau, un lac infect, produit par l'affaissement du terrain dans un amas d'eaux souterraines.

D'après des recherches récentes, le niveau de la mer Noire serait inférieur d'environ trois cent quatre-vingt-treize mètres à celui de la Méditerranée.

Les sables sans limites, le désert, recommencent au-delà des collines qui bordent la mer Morte ; le désert, avec ses grandes et saisissantes scènes, ses ouragans qui soulèvent dans l'air embrasé des vagues arénacées, qui roulent des trombes de poussière sous un ciel semblable à une voûte d'airain rougi, le désert avec son simoun pestilentiel, qu'on ne peut respirer sans mourir

La caravane qui navigue sur le dromadaire, dans cet océan solide, voit avec effroi un point rougeâtre paraître à l'horizon ; le terrible simoun approche. Hommes et animaux se couchent à terre, et osent à peine respirer. L'ouragan souffle et brûle, heureux s'il passe rapide et sans faire des victimes. Mais après ces plaines désolées paraît la riante Arabie, l'Arabie que les siècles ont surnommée heureuse, l'Arabie qui produit l'encens, la précieuse fève de Moka, et le beaume parfumé de la Mecque. La canne à sucre, les palmiers, les dattiers, le bananier, l'oranger, le figuier à la gomme, l'accacia, le vert sycomore, entourent d'une enceinte voluptueuse les riches cités de cette terre bénie.

Si, parvenu à l'extrémité orientale et septentrionale de l'Arabie, le voyageur s'embarque sur le golfe Persique, la terre qu'il atteint sur la rive opposée est l'antique empire de Cyrus et des Xercès. Là, se renouvellent les impressions reçues en Syrie et en Arabie ; des montagnes, des déserts, des lacs salés, des plaines fertiles, des vallées qui sont de riants et frais jardins, témoins des amours du rossignol et de la rose, tant de fois chantés par les poètes persans. Au nord de la Perse, il remarquera le lac Caspienne, immense nappe d'eau salée, de plus de huit cents kilomètres de longueur, sur quatre cents, sans issues apparentes pour les eaux des fleuves qui s'y jettent. Le niveau de la mer Caspienne est de vingt mètres plus bas que le niveau de la mer Noire : son bassin est une immense dépression du continent qui contient, soit un reste des eaux de l'Océan qui s'est retiré du sol de l'Asie soulevé, soit les eaux d'un immense golfe uni à la mer Noire par un détroit qui aurait disparu pendant une violente secousse du sol asiatique.

La Tartarie touche au lac Caspienne : ce pays est une des pent s du grand plateau central ; c'est une suite de plaines désertes, couvertes tantôt de sables arides, tantôt d'herbes que paissent d'immenses troupeaux de tarpans ou chevaux sauvages, plaines entrecoupées par les bassins de grands lacs, tels que l'Aral. Après l'avoir parcourue, on monte les étages de l'Ural, et l'on parvient dans la froide Sibérie, la patrie des glaces et des hivers. Les lacs salés sont très communs dans les déserts sibériens ; le plus extraordinaire est le lac Mugissant, placé à peu de distance de la rivière d'Ouibat. On entend sur ce lac un bruit épouvantable, comme d'affreux hurlements, bruit qui ne peut s'expliquer que par de violents courants d'air souterrains, ou des commotions intérieures.

En traversant la Mantchourie pour descendre vers la Chine, les sites charmants embaumés par les fleurs, les jardins naturels reparaissent, et aux végétaux de l'Asie, s'unissent naturellement ceux de notre Europe. L'infortuné Lapeyrouse versa des larmes de joie en abordant sur les côtes de cette terre dont l'aspect lui rappelait sa patrie. Le chêne robuste et le sapin altier y dominent les forêts. Sous leurs ombrages croissent le muguet et la violette.

Le saule, au feuillage argenté, s'élève brillante parure, sur le bord des eaux vives, dans lesquels se mirent les lys parfumés, les azéroliers, les orchis, et les brillantes salicaires.

L'empire de Tchoung-Kouê, ou du centre de la terre, nom que les Chinois orgueilleux donnent à leur patrie, touche à la Mantchourie. Ce pays renferme des montagnes rivales de nos Pyrénées, telles que la chaîne Magienne, et des fleuves majestueux, au cours immense, se développant sur une étendue de trois mille deux cents kilomètres, comme le Hoang-ho, et recevant des affluents dont la source est à plus de mille kilomètres du confluent.

Les plus hautes montagnes de la Chine, celles que les relations des indigènes et des missionnaires représentent comme couvertes de neiges perpétuelles, sont : 1° dans la province de Yu-nan, le Siuêchan à la double cime, le Than-hi-chan, le Olun-chan, le Tsiang-thsang-chan, le Yu-loug-chan, massif colossal surmonté de plusieurs glaciers, le Matheou-chan ; 2° dans la province de Koueï-tcheou, le Siuê-chan ; ce nom, qui signifie montagne de neige, est commun à plusieurs monts, le Yang-ling, le Tan-hing-teng-chan; 3° dans la province de Ha-nan, le Phing-y-chan ; 4° dans la province de Sse-tchouan, le A-lou-chan, le Min-chan, l'immense glacier Soung-phang-thing, et trois autres montagnes du nom de Siuê-chan ; 5° dans la province de Hou-pé ; le Kian-kou-chan et le Yuan-ti-chan ; 6° dans la province de Kan-sou, dix montagnes ; 7° celle de Chensi, quatre, le Thaï-pe-chan, le Han-chan, le Ta-pa-ling et le Thsieou-chan; 8° dans la province de Chan-si, sept montagnes ; 9° dans celle de Tchy-ly, quatre; 10° le Siuê-foung-chan, dans la province de Fou-kien.

La nature géologique des montagnes et du sol chinois est peu connue. D'après Rémusat (1), le terrain de la province Pétché-li-ou de Péking ainsi que de la côte sud-ouest, du côté de Formose,

(1) Rémusat (Ab l), Orientaliste, né à Paris en 1788, mort en 1832, se fit recevoir médecin, puis apprit, presque sans aide, le chinois, le thibétain, le mandchou, fit nommé en 1814 à la chaire de chinois récemment créée au collège de France, fut reçu à l'Académie des inscriptions en 1816, contribua à la fondation de la Société asiatique de Paris (1822), dont il fut le secrétaire, puis le président, et fut nommé en 1824 conservateur des manuscrits orientaux de la Bibliothèque royale. Rémusat s'attacha à rendre plus accessible la connaissance des langues orientales ; outre un grand nombre d'articles et de dissertations sur la philologie, la littérature et l'histoire de ces langues, on a de lui des traductions de l'*invariable milieu* de Confucius (1814), du livre des *récompenses et des peines* de Lao-tseu (1816), des *Deux cousines*, roman chinois (1826), de savantes recherches sur les langues tartares

serait de formation secondaire ; dans le Chan-si, le Kiang-sou et le An-hoëi, de formation primitive ; les parties septentrionales de l'empire possèdent des richesses fossiles inépuisables en houille et en sel gemme. Rien ne porte à penser qu'il y ait encore des volcans brûlants en Chine, mais les cratères éteints y sont en grand nombre, et des voyageurs arabes du IXᵉ siècle virent une montagne ignivome dans sa dernière période.

M. Pauthier, savant sinologue à qui nous devons plusieurs traductions d'ouvrages philosophiques chinois très importants, décrit dans une notice historique sur l'empire de Tchoung-Koué, deux phénomènes naturels très remarquables, les puits de feu et les puits salants. Voici son récit :

« Il existe en Chine des puits de feu (ho-tsing), qui descendent
» à des profondeurs considérables. Ce phénomène, qu'Aristote dit
» avoir existé en Perse, dans des souterrains où les anciens souve-
» rains de ce pays faisaient cuire leurs aliments, est très com-
» mun dans certaines provinces de la Chine, où on l'emploie à des
» usages économiques bien plus productifs. On est même étonné
» de tout le parti que les Chinois ont su tirer de ces immenses
» mines de feu souterrain. On en trouve la mention dans les poé-
» sies du célèbre Fou-Fou, poète chinois, qui vivait sous les
» Thang, dans le milieu du VIIIᵉ siècle de notre ère. Ce poète, que
» M. de Rémusat appelait le Byron de la Chine, cite, dans une
» comparaison, la flamme bleue qui sort des puits de feu, et les
» commentateurs confirment l'existence de ces phénomènes, en
» les décrivant plus au long que le poète, et en indiquant les pro-
» vinces de l'empire où ils se trouvent. Le P. Semedo en a fait
» mention, il y a près de deux cents ans, dans son *Histoire*
» *Universelle de la Chine* (p. 30), où il dit : Comme nous avons
» des puits d'eau en Europe, ils en ont de feu à la Chine, pour les
» services de la maison : pour ce qu'y ayant au-dessous des mines
» de soufre qui déjà sont allumées, ils n'ont qu'à faire une petite
» ouverture, d'où il sort assez de chaleur pour faire cuire tout ce
» qu'ils veulent. Au lieu de bois, ils se servent communément
» d'une espèce de pierres qui ne sont pas petites comme en quel-
» ques-unes de nos provinces, mais d'une grandeur considérable.
» Les mines d'où l'on tire cette matière qui brûle si aisément
» (c'est notre charbon de terre ou houille), sont presque inépuisa-

(1820), des éléments de grammaire chinoise (1822), un mémoire sur Lao-tseu (1823), une histoire du Bouddhisme (1836), des *Mélanges asiatiques* et de nombreux articles dans la *Biographie universelle*.

» bles. En quelques endroits, comme à Pékin, ils savent si bien la
» préparer, que le feu ne s'éteint ni le jour ni la nuit. Le P. Tri-
» gaut dit aussi : Pour le feu, ce royaume fournit non-seulement
» du bois, des roseaux, du chaume, mais il y a une sorte de bitume,
» tel que celui qui se tire aux Pays-Bas, principalement en l'évê-
» ché de Liége. Il est plus abondant et meilleur aux provinces du
» septentrion. On le tire des entrailles de la terre, lesquelles es-
» tendues en grande longueur, en rendent l'usage perpétuel, et
» par la modération du prix, le tesmoignent être si copieux, qu'il
» fournit de matière aux plus pauvres.

» Ce phénomène géologique qui s'observe aussi, mais avec de
» bien moins grandes proportions, dans plusieurs mines de houille,
» en Europe, et dans des lieux où il se produit naturellement,
» comme en Italie, sur la pente septentrionale des Apennins, est
» confirmé par la lettre d'un témoin oculaire. M. Imbert parle ainsi
» des puits salantset des puits def eu que l'on voit à Ou-tong-kiao,
» près de Kia-ting, dans le département du même nom, province
» de Sse-tchouan, aux pieds des hautes montagnes appartenant
» aux chaînes du Thibet, à 112° 11′ de longitude méridionale, et
» 29° 33′ de latitude septentrionale.

» Il y a, dit-il, quelque dizaine de mille de ces puits salants,
» dans un espace environ de quarante kilomètres de long sur
» vingt kilomètres de large. Chaque particulier un peu riche se
» cherche un associé et creuse un ou plusieurs puits. C'est avec
» une dépense de 7 à 8,000 francs. Leur manière de creuser ces
» puits n'est pas la nôtre. Ce peuple vient à bout de ses desseins
» avec le temps et la patience, et avec bien moins de dépense que
» nous. Il n'a pas l'art d'ouvrir les rochers par la mine, et tous les
» puits sont dans le rocher. Ces puits ont ordinairement de cinq
» à six cents mètres de profondeur, et n'ont que quinze à dix-huit
» centimètres de largeur (1).

» L'air qui sort de ces puits est très inflammable. Si on pré-
» sentait une torche à la bouche d'un puits, quand le tube plein
» d'eau est près d'arriver, il s'enflammerait en une grande gerbe
» de feu de huit à dix mètres de haut, qui brûle et détruit avec la
» rapidité de la foudre. Cela arrive quelquefois par l'imprudence
» ou la malice d'un ouvrier qui veut se suicider en compagnie.
» Il est de ces puits d'où l'on ne retire point de sel, mais seule-
» ment du feu : on les appelle *puits de feu*. Je vais vous en faire

_____

(1) On voit qu'ils ne sont autres que nos puits artésiens.　5

» la description. Un petit tube en bambou ferme l'embouchure de
» ces puits et conduit l'air inflammable où l'on veut ; on l'allume
» avec une bougie, et il brûle continuellement. La flamme est
» bleuâtre, ayant neuf à dix centimètres de diamètre. Les grands
» puits de feu sont à Tse-lieou-tsing, à cent soixante kilomètres
» d'ici, on emploie leur feu pour chauffer des chaudières, et pour
» s'éclairer. Quand les Chinois creusent les puits de sel, ayant at-
» teint trois cents mètres de profondeur, ils trouvent ordinaire-
» ment une huile bitumineuse qui brûle dans l'eau. On recueille
» par jour jusqu'à quatre ou cinq jarres de cinquante kilogrammes
» chaque. Cette huile est très pesante ; on s'en sert pour éclairer
» la halle où sont les puits et les chaudières de sel.

» Si je connaissais mieux la physique, je vous dirais ce que
» c'est que cet air inflammable et souterrain dont je vous ai
» parlé (1). Je ne puis croire que ce soit l'effet d'un volcan souter-
» rain, parce qu'il a besoin d'être allumé ; et qu'une fois allumé,
» il ne s'éteint plus que par le moyen d'une boule d'argile qu'on
» met à l'orifice du tube, ou à l'aide d'un vent violent et subit.
» Je crois plutôt que c'est un gaz ou esprit de bitume ; car ce feu
» est fort puant, et donne une fumée épaisse. Les Chinois païens
» et chrétiens croient que c'est le feu de l'enfer, et ils en ont
» grand peur. De fait, il est beaucoup plus violent que le feu
» ordinaire.

» Tse-lieou-tsing, situé dans les montagnes, au bord d'un petit
» fleuve, contient aussi des puits de sel creusés de la même ma-
» nière qu'à Ou-tang-kiao. Dans une vallée se trouvent quatre
» puits qui donnent du feu en quantité vraiment effroyable, et
» point d'eau. Ces puits, dans le principe, ont donné de l'eau sa-
» lée ; l'eau ayant tari, on creusa jusqu'à mille mètres et plus de
» profondeur, pour trouver de l'eau en abondance : ce fut en vain;
» mais il sortit soudainement une énorme colonne d'air, qui
» s'exhala en grosses particules noirâtres. Cela ne ressemble pas
» à la fumée, mais à la vapeur d'une fournaise ardente. Cét air
» s'échappe avec un bruissement et un ronflement affreux qu'on
» entend de fort loin.

» L'orifice du puits est surmonté d'une caisse de pierres de
» taille qui a deux mètres environ de hauteur, de crainte que par
» inadvertance ou par malice, quelqu'un ne mette le feu à l'em-
» bouchure du puits. Ce malheur est arrivé : dès que le feu fut à

(1) C'est du gaz hydrogène carboné.

» la surface du puits, il se fit une explosion affreuse, et un assez
» fort tremblement de terre. La flamme qui avait environ soixante-
» cinq centimètres de hauteur, voltigeait sur la superficie du ter-
» rain sans rien brûler. Quatre hommes se dévouèrent, et portèrent
» une énorme pierre sur l'orifice du puits ; aussitôt elle vola en l'air;
» trois hommes furent brûlés, le quatrième échappa au danger ;
» ni l'eau, ni la boue ne purent éteindre le feu. Enfin, après
» quinze jours de travaux opiniâtres, on porta de l'eau en quantité
» sur une montagne voisine ; on y forma un lac, et on lâcha l'eau
» tout à coup ; elle vint en quantité avec beaucoup d'air, et elle
» éteignit le feu. Ce fut une dépense d'environ trente mille francs,
» somme considérable en Chine.

   » A trente centimètres sous terre, sur les quatre faces du puits,
» sont entés quatre énormes tubes de bambou, ou conducteurs du
» gaz, qui l'apportent sous des chaudières. Un seul puits fait
» bouillir plus de trois cents chaudières. Chaque chaudière a un
» tube conducteur du gaz, en bambou, à l'extrémité duquel est
» un tube de terre glaise, haut de dix-huit centimètres, ayant au
» centre un trou de trois centimètres de diamètre. D'autres bam-
» bous mis en dehors éclairent les rues et les halles. On ne peut
» employer tout le gaz, l'excédant est conduit hors de l'enceinte
» de la saline par trois cheminées, sur lesquelles voltigent deux
» énormes gerbes de feu. La surface du terrain est extrêmement
» chaude, et brûle sous les pieds ; en janvier même, tous les ou-
» vriers sont à demi-nus, n'ayant qu'un petit caleçon pour se
» couvrir. Dans l'hiver, pour se chauffer, les pauvres creusent en
» rond le sable, à trente-trois centimètres de profondeur ; une di-
» zaine de malheureux s'asseoient autour ; avec une poignée de
» paille, ils enflamment le gaz qui se rassemble dans le creux, et
» ils se chauffent de cette manière aussi longtemps que bon leur
» semble ; ensuite ils comblent le trou avec du sable, et le feu est
» éteint. »

   Mais j'aurai plus à parler de la Chine, en esquissant le tableau
des œuvres de l'industrie humaine, qu'en décrivant les merveilles
de la création. L'intérieur de l'Indo-Chine, ou de Siam, de la Cochinchine, de l'empire Birman sont également pour nous des contrées mystérieuses ; par analogie, nous pouvons conclure que la
nature y déploie autant de luxe et de richesses que dans les autres contrées.

   Dans l'Inde septentrionale, on est de suite frappé par la majesté sublime des montagnes. D'après le major anglais Grawfurd,

le sommet le plus élevé de la chaîne de Bhoutan, atteint à huit
mille trois cents mètres au-dessus du niveau de la mer, et le Chu-
mulari aurait neuf mille mètres.

Dans des montagnes aussi gigantesques, l'imagination peut aisément se figurer ce que doivent être les accidents de terrain, la
hauteur et l'étendue des glaciers, la profondeur des précipices, la
masse imposante des rochers, le volume immense des torrents et
des chutes d'eau. Vallées, lacs, défilés, aspects grandioses, sites
sauvages, perspectives ravissantes, pentes boisées, tout ce que
nous observons dans nos Alpes se reproduit ici, mais dans un ca-
dre taillé sur de plus hautes proportions. Il en est de même des
fleuves de cet antique Sind, ou Indus, de la majestueuse Gangâ,
du Bradma-Poura aux mille détours. Mais quelle végétation vigou-
reuse, riche de formes et de parfums, est arrosée par les eaux!
Ici des djongles de roseaux qui forment d'immenses forêts humides, et ces roseaux sont les bambous et les rotins dont l'épi se balance dans les airs à vingt mètres au-dessus des racines, que baignent les ondes. Ce sont les retraites perfides des gravials et du
tigre, du rhinocéros et des serpents ; plus loin s'élèvent des forêts
de figuiers de banians, de cocotiers, de palmiers, de tek, arbre au
bois incorruptible, d'ébéniers, le bois de fer, de ponna, de sacon ;
sur les bordures de ce groupe majestueux, brillent de leur admirable parure les camphriers, les cannelliers, le sandal rouge, le
dracena, les gommiers à laque et à gomme gutte, les robinia au
feuillage léger, les bananiers ; protégés par l'ombrage de ces végétaux, on voit croître au-dessous des bignoniers, le pandanus odorant, la rose de cachemire, qui fournit l'essence la plus précieuse,
les goyaviers, les manguiers, les ananas. Cet admirable pays est le
trésor de l'univers, il réunit les productions végétales et minérales
les plus recherchées.

AFRIQUE

V. — Singularités et beautés naturelles.
Notice : ALEX. DE HUMBOLDT.

De tous les continents, l'Afrique est le moins connu, quoiqu'il
fasse partie de l'ancien monde, et que des peuples commerçants

de l'antiquité, tels que les Phéniciens et les Carthaginois, aient longtemps trafiqué avec ses 'populations. Nos connaissances sur l'Afrique sont probablement moins étendues que celles des anciens Asiatiques.

L'Afrique est composée de terres basses formant ses rivages, son littoral, et de terres élevées disposées par terrasses, dont l'ensemble produit un vaste plateau ; les chaines de montagnes africaines ont peu de hauteur dans les parties connues, mais l'analogie fait présumer qu'il y a au centre de ce continent, sous l'équateur même, des montagnes couvertes de neiges éternelles.

L'Afrique, plus encore que l'Asie, est la patrie du désert. A l'aspect de ces plaines de sables d'une effrayante étendue, où l'on rencontre, au lieu de végétaux, des coquillages marins, des couches de sel, des sources et des lacs d'eau saumâtre, il est impossible de repousser l'idée que c'est là un ancien fond de mer, soulevé et desséché. Le Saharah, est un des plus grands déserts de l'Afrique ; il s'étend depuis l'Egypte et la Nubie jusqu'à l'Océan atlantique, de l'est à l'ouest ; et depuis le Niger jusqu'aux derniers étages inférieurs du mont Atlas, dans la direction du nord au sud.

L'intérieur de cette vaste nappe de sable mouvant, renferme des dépôts considérables de sels marins d'une blancheur éblouissante ; dans plusieurs cantons, on taille même cette substance comme le marbre et on l'emploie à la construction des maisons.

Une plante aromatique du genre thym, des orties brûlantes, des ronces, des arbustes épineux, des buissons d'acacia, telle est la végétation du Saharah ; ses limites entourées de forêts de gommiers, repaires où se cachent le lion, la panthère et les singes, tandis que l'autruche et les gazelles parcourent les sables. De loin en loin, comme dans le désert d'Asie s'élèvent de riantes et fraîches oasis ; quelques-unes, vastes et fertiles, couvertes de pâturages, abreuvées de sources abondantes, ombragées par le palmier et le dattier, servent de refuge à des tribus arabes ou aux descendants de Numids. Les plus belles de ces retraites sont les oasis de Hoden, d'Audjélah, de Syouah.

Les pluies bienfaisantes sont rares dans les solitudes arénacées du Saharah ; elles ne tombent que depuis juillet jusqu'à octobre. Pendant les autres mois de l'année, la sécheresse est horrible ; l'air, échauffé par les rayons du soleil que réfléchissent les sables, prend une température brûlante, et est entièrement privé d'humidité ; la voûte céleste n'a plus le beau bleu azuré du ciel de France et d'Italie, mais elle est rouge comme le reflet d'un vaste incendie ;

quelquefois l'air du désert, fortement dilaté par la chaleur, se trouve tout à coup comprimé par des masses d'air plus froid qui arrivent des côtes : alors une horrible tempête s'élève, des trombes de sable brûlant et d'une poussière salée très fine obscurcissent l'air ; la surface du désert se soulève en vagues montagneuses comme celles de l'Océan ; c'est le simoun meurtrier, dont l'inconcevable aridité dessèche les poumons. et absorbe l'eau renfermée dans les outres des caravanes. Des tribus entières périssent quelquefois dans ces orages sans eau du désert.

Malgré l'aridité qui domine la nature de l'Afrique, on rencontre, dans cette contrée extraordinaire, quelques grands cours d'eau, tels que le Nil, le Niger, le Sénégal et la Gambie,

Le Nil, de tout temps, a été regardé comme la merveille de l'Egypte, formé de la réunion des rivières Tacaze, fleuve bleu et fleuve blanc ; ses véritables sources restent encore inconnues, si l'on admet que le dernier de ces courants absorbe les autres et se continue sous le nom de Nil, après leur triple réunion. D'après les récits de plusieurs voyageurs, il paraît que le Nil communique avec le Niger par des lacs et des canaux naturels. En sortant d'Abyssinie pour entrer en Nubie, le Nil est arrêté par deux barres de rochers peu élevées, qu'il franchit en bouillonnant ; ces cascades ont reçu le nom trop pompeux de cataractes, qui ne convient qu'à des chutes considérables ; la troisième cataracte est près de Syène, elle n'a qu'un mètre trente de hauteur. Depuis le tropique du Cancer, qu'il coupe à angle droit, jusqu'à la mer Méditerranée où il se jette, le Nil coule dans la vallée d'Egypte, large de douze kilomètres, longue de huit cents, encaissée dans deux chaînes de collines qui la séparent du désert. Dotée par le Créateur d'un ciel toujours serein, l'Egypte aurait été stérile comme le Saharah et les sables de l'Arabie, sans son fleuve, qui est comme sa providence. Par suite des grandes pluies annuelles des tropiques, qui tombent abondamment en Ethiopie, le Nil déborde au solstice d'été, s'élève jusqu'à l'équinoxe d'automne, couvre toute la vallée, l'engraisse d'un abondant dépôt de limon, diminue progressivement, et est rentré dans son lit, lorsque nos climats voient commencer le solstice d'hiver. C'est l'époque des semailles ; et la végétation se développe avec une force d'activité prodigieuse, sans travaux trop pénibles pour le cultivateur.

L'Egyptien ne regarde pas comme une calamité la sécheresse de l'atmosphère de sa patrie ; loin de là, il est persuadé, quoique à tort peut-être, que la pluie nuirait en favorisant la germination d'une foule d'herbes parasites ; ce qui se borne à dire qu'il faudrait donner plus de soin à la culture. La cause de la sérénité constante de l'air est que les vapeurs produites par l'évaporation des eaux méditerranéennes, n'étant attirées par aucun sommet, passent rapidement, et vont s'accumuler sur les montagnes équatoriales de l'Afrique. Cependant, les grandes plantations de bois, exécutées depuis plusieurs années, semblent devoir modifier la nature du climat, car on remarque qu'elles ont rendu les pluies plus fréquentes.

L'Egypte change d'aspect trois fois dans une année : pendant la crue du Nil, c'est une mer semée d'îles nombreuses couvertes d'habitations, des milliers de barques sillonnent l'onde dans toutes les directions ; on se croirait au milieu d'un archipel de l'Océan. Aussitôt après la retraite des eaux, la vallée se tranforme en un vaste et beau jardin qu'embellissent les palmiers, les dattiers, les odorants citronniers, le précieux indigo, le cotonnier, le jasmin, la rose et mille cultures diverses. A l'époque des grandes chaleurs, avant le solstice d'été et le débordement du fleuve, le sol devient aride, poudreux, nu, dépouillé de sa magnifique parure verte émaillée de fleurs, l'air est rouge, embrasé par le souffle du vent brûlant du désert.

En s'avançant dans le nord, après avoir quitté l'Egypte et traversé une partie du désert, on arrive aux pentes du Mont-Atlas, chaîne très étendue, divisée en deux branches, le grand et le petit Atlas. C'est dans le grand que sont les pics dominants, et qui, selon M. de Humboldt (1), ne doivent pas avoir moins de trois

(1) Humboldt (Alexandre, baron de), né en 1769 à Berlin, mort en 1859, conçut de bonne heure le projet d'une vaste exploration scientifique, vint à Paris pour la préparer, et fit la connaissance de Bonpland, qu'il associa à son projet, s'embarqua avec lui en 1799, explora une grande partie de l'Amérique du sud, naviguant en canot sur les grands fleuves, sondant les cratères des volcans, gravissant le Chimboraço, où il s'éleva jusqu'à 6072m ; visita avec le même soin Cuba et le Mexique. De retour en Europe en 1804, il se fixa à Paris pour y rédiger son *Voyage aux régions équinoxiales du nouveau continent,* ouvrage en six parties, dont la publication, commencée en 1805, ne demanda pas moins de 20 ans. En 1828, il entreprit, aux frais de l'empereur de Russie, avec Rose et Ehremberg, un voyage d'exploration en Russie et dans l'Asie centrale, et en publia la relation à Paris de 1837 à 1843. Humboldt retourna à Berlin en 1847, et se mit, malgré son grand âge, à rédiger un vaste ouvrage, qui devait présenter l'ensemble des résultats de ses longues études sous le nom de *Cosmos* ou *Description physique du monde.* Ce savant a renouvelé sur plusieurs points la face des sciences, mais il a surtout fait faire un grand pas à la géographie physique et botanique.

mille six cents mètres au-dessus du niveau de la mer, car ils sont couverts de neiges perpétuelles. Cette chaîne est d'une formation récente, car on y rencontre des amas considérables de coquillages et de débris de corps marins. Le versant de l'Atlas, du côté de la Méditerranée, est d'une fertilité remarquable ; sa position entre la zône tempérée et a zône brûlante le rend propre à la culture des végétaux des deux émisphères, nord et sud. Là est notre belle colonie d'Alger, dont la prospérité future est incontestable.

Il faut traverser de nouveau le désert, mais sur un point différent pour arriver dans la Guinée et la Sénégambie, pays des hautes températures, où le thermomètre monte jusqu'à 36 et 44 degrés. Dans cette contrée, le basalte est abondant, le terrain est disposé en terrasses et les chutes de rivières se rencontrent fréquemment ; le Rio-Vola, entre autres, est une suite de cascades non interrompues jusqu'à la mer. Après la saison des pluies, il est impossible de voir une végétation plus riche que celle de ces contrées. Le baobab, géant des végétaux, l'élaïs ou arbre à huile, le précieux schéa, qui fournit un beurre exquis, les palmiers, cocotiers, manguiers, tamarins, bananiers, sycomores, orangers, citronniers, grenadiers, le courbari, le papayer, une foule de fleurs, les unes aromatiques, les autres ravissantes d'éclat, croissent naturellement autour de la simple case du nègre, qui vit insouciant comme un enfant au milieu de ce beau paradis.

L'Afrique est si peu connue, qu'il faut passer au Cap de Bonne-Espérance pour avoir quelque description authentique. La côte offre à peu près, depuis le Sénégal jusqu'au Cap, le même aspect de fertilité.

On croit que les Phéniciens firent le tour de l'Afrique. Les Romains et les Grecs ne pénétrèrent que dans le Nord. Les Arabes entrèrent assez avant dans les régions du Nord et de l'Est. Au xvᵉ siècle, les Portugais firent connaître toutes les côtes de l'Afrique, et ouvrirent le chemin des Indes par le Cap de Bonne-Espérance. Depuis le xviiiᵉ siècle seulement l'intérieur du continent est un peu connu, grâce aux voyages de Honghton, Mungo Park, Burkhardt, Caillaud, Oaillé et Barth dans la Nigritie ; de Combes, Tamisier et Speke en Nubie et en Abyssinie ; de Livingstone dans la Cafrerie.

Aux environs du Cap se développent de vastes plateaux de plaines, sans cours d'eau, que l'on nomme *karros*. Ce n'est pas le désert aride et sablonneux, mais une vaste solitude, uniforme, ornée pendant plusieurs mois d'une pompeuse végétation. Du milieu des graminées s'élancent des lys à la tête superbe, des mésembryanthemum, des polygala, des atriplex, des salsola et des salicornes. La saison chaude détruit ce luxe et cette abondance ; le terrain argileux se dépouille, se durcit, les tiges meurent, et l'on ne voit plus çà et là que quelques gortinies à la corolle radiée éclatant d'un jaune d'or, et de rares mésembryanthèmes que l'épaisseur de leurs feuilles charnues préserve d'une dessiccation mortelle. Au-dessous des karros, près des fleuves et de la mer, on se croirait dans un précieux parterre, où un riche amateur aurait réuni les plantes les plus rares ; partout végètent les bruyères si variées, les brillants géraniums, les jolis ixias, les hemanthos, les vigoureux pancratiums, les gnaphalies, les xéranthèmes, le stapelia, le protea qui brille comme de l'argent poli, le mimosa au feuillage léger, et l'admirable strelizia, la reine des fleurs. C'est au Cap que nos amateurs de belles plantes fournissent leurs serres de végétaux curieux.

Dans l'empire du Monomotapa coule le Zambèze, un des grands fleuves de l'Afrique ; comme le Nil, il se divise vers son embouchure en plusieurs bras, qui entourent et arrosent un vaste delta. Il a encore un autre point d'analogie avec le fleuve d'Egypte, son débordement annuel, qui commence au mois d'avril. Le Zambèze sort d'un très grand lac ; après un cours assez étendu, il se précipite de cinquante mètres de hauteur, sur des bancs de rochers, et pendant quatre-vingts kilomètres, il bondit furieux et bouillonnant sur une suite non interrompue de cascades impétueuses, qui le rendent impraticable à la navigation, bien qu'il ait quatre kilomètres de largeur ; on ne saurait se former une idée du tableau extraordinaire que présente la marche rapide quoique brisée de cette masse d'eau magnifique. Le Nil et le Zambèze ne doivent pas être les seuls fleuves d'Afrique, destinés à répandre la fécondité par un débordement annuel, il doit en être de même de tous ceux qui prennent leur source dans les montagnes centrales, et se jettent dans l'Océan sur les côtes où le ciel est presque continuellement pur et sans nuages, car ces crues périodiques sont un moyen providentiel destiné à limiter le désert, et augmenter l'étendue des lieux fertiles et habitables.

AMÉRIQUE

VI. — Beautés et singularités.

L'Amérique porte le titre de Nouveau-Monde, non parce qu'elle serait d'une formation plus récente que les autres parties du continent terrestre, mais parce qu'elle a été longtemps inconnue aux peuples civilisés de l'Europe et de l'Asie. Séparée, en effet, du monde connu des anciens par deux enfoncements profonds de l'Océan, n'y tenant que par un isthme étroit situé dans les régions polaires, on conçoit que l'Amérique n'ait pas été découverte, lorsque la navigation se faisait uniquement à peu de distance des côtes habitées par les peuples commerçants. En 1489, Christophe Colomb, qui cherchait l'Asie dans l'hémisphère occidental, y aborda le premier. L'Amérique se compose de plateaux élevés brusquement au-dessus des plaines basses, les pentes en sont aussi courtes que rapides. Sur ces plateaux pyramident les massifs de montagnes les plus prodigieux en hauteur après ceux de l'Inde et du Thibet, puisque plusieurs sommets des Cordillières du Pérou atteignent à six mille sept cents mètres. L'Amérique ne renferme pas de grands déserts de sable, mais elle a ses plaines basses, assez semblables aux karros de l'Afrique, désignées suivant les localités, sous le nom de Savanes, Llanos, et ses Pampas où les vents déplacent des collines sablonneuses et mouvantes, où l'on rencontre çà et là de petits lacs d'eau saumâtre, et des marais couverts de plantes salines. Dans l'Amérique, la nature a déployé toute la pompe et la majesté de ses grands phénomènes; les accidents de formation dans les terrains, les chutes, les cataractes, les fleuves, ont un grandiose qu'on ne retrouve pas ailleurs.

L'Amérique s'étend jusque sous le pôle antarctique. Là elle est le siége d'un hiver sans fin; les glaces qui la couvrent et n'abandonnent jamais ses rivages, la rendent inaccessible aux explorations des plus intrépides voyageurs. Les récits des courageux Ross et Parry, sont de nature à inspirer l'effroi: tantôt ils rencontrent des masses de glaces flottantes s'avançant menaçantes comme pour briser le frêle bâtiment qui ose pénétrer dans l'empire du froid

septentrion ; le matelot frémit en entendant les craquements épouvantables produits par le choc de ces îles d'eau solidifiée ; d'autres
fois c'est un bruit d'explosion, remplissant l'espace, déterminé par
de vastes crevasses qui soudain creusent en affreux abimes la surface de ces masses flottantes.

Au milieu du conflit, et du sein même des eaux s'élancent rapidement les flammes d'une incendie, ce sont des troncs d'arbres
entraînés par le courant, qui s'enflamment en frottant contre les
glaces.

Lorsque le soleil se rapproche de notre tropique, et que son influence pénètre jusque dans ces régions hyperborées, alors un
mouvement général s'opère dans les glaces, le silence éternel de la
solitude est troublé par des bruits rapides, immenses, multipliés ;
la glace fond, un brouillard s'élève si épais, que sur le pont d'une
frégate on ne saurait apercevoir les objets placés à la distance de
quelques mètres ; des masses se détachent et sont entraînées par le
courant ; d'autres perdent l'équilibre et se renversent en projetant
au loin des montagnes d'eau qu'elles font rejaillir. Alors, comme
dans l'hiver, la navigation est impossible, car la mort menace de
tous côtés le nocher téméraire.

Nulle contrée n'a de sites plus sombres et plus sauvages que la
partie septentrionale de l'Amérique soumise aux Russes. A peu de
distance des côtes, commence une terrasse en pente douce, boisée
de pins et de bouleaux, couronnée de montagnes aux flancs dé-
pouillés, aux sommets couverts de rocs de glaces qui, lorsque leur
poids devient trop considérable, roulent avec fracas jusqu'au delà
de la limite des mers, ou s'arrêtent sur le rivage, sans que la faible chaleur de ce climat puisse les fondre. Les terrains bas ne sont
que marais fangeux, fondrières profondes, couvertes d'une herbe
perfide. De l'Amérique russe, jusqu'à la Californie, une longue
suite de plateaux succède à des bassins limités à l'ouest par les
montagnes Rocheuses, qui renferment la source de l'immense Missouri et du Sachachawin. Après avoir franchi les montagnes Rocheuses, si l'on s'avance vers l'est, on descend un terrain dont la
pente insensible s'abaisse vers la mer d'Hudson, une des méditer-
ranées du nord de l'Amérique ; ce terrain est arrosé avec luxe par
de vastes courants d'eau, qui se jettent de lacs en lacs. Les forêts
et l'abondance des rivières, rendent la contrée si froide qu'au mois
de juin les lacs sont encore glacés. Nulle part les hivers ne s'annoncent avec plus de rigueur que dans les parages de la baie
d'Hudson ; l'eau-de-vie y gèle, une voûte de deux mètres cinquante

d'épaisseur recouvre les lacs et les fleuves. Lorsque le froid commence à sévir, l'humidité infiltrée dans les rochers se transforme en glace ; alors par l'effet de l'expansion de l'eau qui sort de son maximum de condensation (1), les rocs se brisent avec une explosion plus violente que celle de l'artillerie, et les fragments sont lancés à des distances étonnantes.

Nulle part, non plus, la température et la sérénité de l'atmosphère sont plus variables que dans cette aquatique contrée ; une pluie abondante tombe inattendue, alors que le soleil verse l'éclat de ses feux, ou bien au moment même où d'épais nuages répandent des torrents d'eau, le ciel se découvre tout à coup, et les rayons de l'astre du jour apparaissent dans toute leur splendeur. Les clairs de lune et les aurores boréales sont magnifiques sous ces latitudes polaires.

Le Labrador, voisin de la baie d'Hudson, est également très froid, amas de montagnes et de rochers, entrecoupés de lacs, de cascades et de courants d'eau. Le Groënland n'est de même qu'un chaos de rochers entrecoupés de masses énormes de glaces. Une d'elles, qui porte le nom de Pic-des-Glaces, s'élève à l'embouchure d'une rivière ; sa hauteur est si grande, qu'on l'aperçoit à quarante kilomètres en mer. Lorsque le soleil éclaire cette montagne d'eau congelée, il s'en échappe des torrents de lumière ; la blancheur des aiguilles de glace, contrastant avec l'obscurité des crevasses et des précipices, dessine les moindres accidents, et donne de loin à la masse l'apparence d'un fantastique édifice de cristal.

Non loin du Groënland, le navigateur rencontre l'Islande, île regardée longtemps comme appartenant à l'Europe, tandis qu'elle est réellement américaine, comme l'a prouvé Malte-Brun, puisqu'elle touche aux rivages de l'Amérique septentrionale. L'Islande est une île de feu, au milieu d'un océan de glace. Son volcan, l'Hécla, lance les flammes et les laves d'un cratère environné de neiges éternelles ; des jets d'eau bouillante jaillissent de terrains sur lesquels l'hiver septentrional pèse presque sans relâche. Dans aucune partie du globe il n'existe encore de contrée où l'on rencontre autant d'activité volcanique, où les cratères soient aussi nombreux : l'Islande donne une image de ce que l'Auvergne a pu être lors des éruptions de ses puys si multipliés. La forme de cette

---

(1) L'eau, à trois degrés au-dessus de glace, occupe moins de volume qu'à toute autre température ; c'est son maximum de condensation ; en passant à l'état de glace, elle se dilate et brise les obstacles qui la retiennent ; de là l'expression si vraie de geler à pierres fendre.

île, les déchirures profondes de ses côtes, indiquent un vaste soulèvement qui l'a tirée du fond de la mer. Parmi les mille sommets volcaniques de l'Islande, l'Hécla est le plus célèbre, non cependant qu'il soit le plus élevé ou le plus terrible, mais parce qu'étant plus voisin du rivage, il est assez fréquemment visité par es voyageurs. Autour de l'Hécla, la lave a élevé un retranchement naturel haut de vingt-quatre mètres, assez difficile à franchir; mais ensuite on ne rencontre plus d'obstacle. Le sol est tellement brûlé et imprégné d'émanations sulfureuses, qu'il ne produit pas le moindre vestige d'herbe. Dans un rayon de seize kilomètres autour du cratère, il a disparu sous un amas de pierres ponces, de cendres, de débris de roches calcinées.

La cime de l'Hécla est surmontée de trois pics, dont le plus élevé est celui du milieu; à cent cinquante mètres au-dessous est un trou de un mètre de diamètre, par où s'échappe une vapeur d'une température de plus de deux cents degrés. Le cratère de l'Hécla change de position à chaque éruption; les annales islandaises rapportent qu'en 1300, il y eut une commotion si violente, que la montagne parut se fendre dans toute sa hauteur. En 1728 un grand lac fut desséché pendant une éruption, et son bassin comblé par une nappe de lave incandescente de seize kilomètres de longueur sur six kilomètres de large.

Le Skaptaa-Jokul, autre volcan Islandais, plus terrible que l'Hécla, causa la mort de neuf mille personnes, par la pluie de cendres et de feu qui accompagna son éruption en 1783. On a remarqué que les commotions des volcans de l'Islande coïncident toujours avec celles de l'Etna et du Vésuve, nouvelle preuve de la communication souterraine des montagnes ignivomes.

Les Geysers, ou jets naturels d'eau bouillante, sont à soixante kilomètres du mont Hécla; ils sont disséminés sur une étendue d'environ trois kilomètres; leur nombre est de cent un. Les éruptions de ces volcans d'eau sont fréquentes, mais momentanées, et les curieux sont avertis de leur apparition par un bruit qui précède de plusieurs minutes le jet du liquide. Le plus considérable de ces Geysers porte l'épithète de Grand; il est au centre d'une plaine, entouré de quarante autres jets moins considérables; l'ouverture qui lui donne issue a six mètres de diamètre, et les eaux, dans leur chute, se sont creusé un bassin d'un diamètre de treize mètres. Le bruit précurseur de l'issue des eaux du grand Geyser, est comparable à l'explosion d'une forte pièce d'artillerie; bientôt l'eau s'élance avec une vitesse de vingt cinq mètres par seconde,

et s'élève dans les airs à trente mètres. Le sondage de l'ouverture
de cette source a donné une profondeur de vingt-six mètres. En
sortant, les eaux ont une teinte bleue azurée, ou vert de mer ;
mais lorsqu'elles se divisent pour retomber en gerbe élégante, les
apparences colorées se dissipent. Les Geysers sont des phénomènes analogues aux salses de l'Italie, et produits par une compres-
sion gazeuze souterraine. On trouve encore en Islande d'abondantes sources minérales, dont quelques-unes gazeuses portent le nom
de sources de bière.

En rentrant en Amérique, après avoir exploré les îles de la zône
glaciale de cette partie du globe, on aborde au Canada. Le froid
est encore vif pendant l'hiver dans cette contrée, mais beaucoup
moins qu'au Labrador, qui en est voisin. Le Canada renferme une
série imposante de lacs rivaux des mers par leur étendue ; le principal est le lac Supérieur ; il se développe sur une étendue de
deux mille kilomètres, et reçoit, dans son bassin de rocs vifs, les
flots de quarante rivières. Les eaux du lac Supérieur se précipitent
par une suite de cataractes successives et magnifiques, connues
sous le nom de Saut de Sainte-Marie, vers un bassin inférieur où
elles se réunissent en une seconde nappe de douze cents kilomètres
de circonférence, c'est le lac Huron qui communique au moyen
d'un large canal avec le lac Michigan. Le trop plein de ces deux
réservoirs s'écoule en formant la rivière rapide de Saint-Clair qui
s'élargit elle-même en un petit lac du même nom, puis un autre
courant nommé le Détroit conduit toute la masse liquide dans le
bassin du lac Érié. Au sortir de ce dernier réservoir, les eaux, sous
le nom de rivière du Niagara, se précipitent par la chute la plus
imposante qu'il y ait au monde.

La chute du Niagara se sépare en deux cataractes, la première
d'une profondeur de quarante-huit mètres, la seconde de cinquante-
un mètres : une île séparait les deux cataractes mais elle disparaît ainsi qu'une partie de la barre de rocher, par le rongement
de l'eau sur le roc. Aujourd'hui le Niagara n'est plus aussi majestueux qu'il y a dix ans, et son lit se creusant de jour en jour ; il
tend à s'encaisser dans un profond ravin. Le mugissement de la
cataracte retentit à plusieurs kilomètres de distance ; un nuage de
poussière d'eau très fine couvre le gouffre de son brouillard ; lorsque le soleil y décompose ses rayons, il forme un dais pompeux,
scintillant de tous les feux de l'iris. Mais c'est pendant le règne
glacé de l'hiver que cette étonnante chute devient admirable : elle
se hérisse de glaces ; des arcades, des colonnes, des girandoles de

cristal descendent, se joignent, s'entrelacent de tous côtés et dessinent un merveilleux arc de triomphe sous lequel le Niagara s'avance majestueusement. La chute du Niagara conduit les eaux des lacs dans un réservoir inférieur, le lac Ontario, qui se verse dans le lac des Mille-Iles, charmant labyrinthe de canaux et de jardins naturels boisés ; enfin un large canal, semblable à une Méditerranée, le fleuve Saint-Laurent, aux rives si pittoresques, porte à l'Océan le volume immense des ondes de tous ces lacs.

Le fleuve Outawas, rival du Saint-Laurent, descend en cataracte dans un précipice nommé la Chaudière, au fond duquel il bouillonne avec fracas. La rivière de Montmorency n'est pas moins célèbre par sa chute magnifique de quatre-vingts mètres de hauteur ; la quantité innombrable de pointes de rocs sur lesquelles elle se brise la transforme en une coulée d'écume éblouissante de blancheur d'où s'élève un brouillard constamment irisé par les rayons du soleil.

Aux États-Unis, la nature revêt la parure des climats tempérés ; la végétation est abondante et plantureuse ; les lacs sont nombreux dans le nord, mais moins étendus que ceux du Canada ; cette partie de l'Amérique renferme beaucoup de marais ; l'un surtout, nommé Dismal-Swamp (l'affreux marais) est remarquable par son étendue qui couvre huit mille mètres carrés. Le Dismal-Swamp occupe une partie de la Virginie orientale et de la Caroline occidentale ; partout il est couvert de buissons de genevriers et de forêts de pins, de sapins, de chênes blancs, de chênes rouges d'une grandeur prodigieuse, sous lesquels poussent des taillis impénétrables. Sur le bord des eaux végètent d'immenses roseaux et une herbe épaisse. Des troupes d'ours, de loups et de daims ont leurs retraites dans les profondeurs boisées de ce marécage. Le marais des Alligators, plus grand que le Dismal, occupe une partie des côtes de la Caroline du nord ; son intérieur est peu connu ; dans les endroits où l'on a pénétré sont de nombreuses lagunes remplies de crocodiles-caïmans.

Le Mississipi est le plus admirable des fleuves des États-Unis ; il sort du lac Tortue, parcourt un plateau, d'où il se précipite dans une vaste plaine, par la belle chute de Saint-Antoine ; puis après douze cents kilomètres de cours, il reçoit le Missouri dans un confluent de quatre kilomètres de largeur. Le Missouri n'est considéré habituellement que comme rivière, et cependant il est la branche principale, et si l'on ne parlait pas encore d'après une vieille habitude, le Missouri serait regardé comme fleuve et le

Mississipi comme son affluent. Les rives du Mississipi sont admirables; tantôt le fleuve coule au milieu des savanes couvertes de hautes herbes, émaillées de mille fleurs, tantôt il s'enfonce sous les voûtes de forêts de magnoliers, de tulipiers et de chênes rouges. Un labyrinthe d'îles verdoyantes entrave son cours de distance en distance. Plusieurs de ces îles sont flottantes, et on peut les voir se créer. Quelques vieux troncs d'arbres, renversés par la violence des vents, entraînés par les torrents poussés dans une baie, s'adossent les uns les autres, puis le limon du fleuve les cimente, des lianes y végètent et les unissent plus intimement; le pistia et le nénuphar croissent dans les interstices, se décomposent, forment un terreau qui nourrit ensuite des herbes et des arbrisseaux. Quelquefois le radeau se détache et suit le cours du fleuve, jusqu'à ce qu'arrêté par un nouvel obstacle, il se fixe de nouveau, et que l'accumulation du limon et la succession des générations végétales le rendent enfin immuable. Quelques-uns de ces radeaux fleuris se perdent dans l'Océan, où ils entraînent leur population d'aligators et de serpents.

Le Missouri est plus majestueux que le Mississipi; avant leur commune réunion, cette immense rivière a huit cents mètres de largeur; elle prend sa source dans les montagnes Rocheuses, et traverse un pays froid et sauvage appelé la Missourie. Là le thermomètre descend, en hiver, à plus de vingt degrès au-dessous de zéro; la glace reflète si fortement les objets, que l'on voit quelquefois plusieurs images du soleil sur l'horizon. La Missourie renferme des traces de combustions volcaniques et des basaltes forment sur plusieurs points des murs naturels que des voyageurs peu instruits en minéralogie ont regardé comme des restes de murs gigantesques. Au 112e degré de longitude, et au 47e 20' de latitude, après avoir coulé entre des rochers de soixante-dix mètres de hauteur, le Missouri se précipite, tantôt en cataractes menaçantes, tantôt en magnifiques cascades. La première cataracte a quinze mètres de chute, elle est suivie de plusieurs cascades peu profondes; puis la rivière se précipite de nouveau au pied d'un banc de roc de huit mètres d'élévation; là elle coule encore en cascade, tourne autour d'une petite île où végètent des cotonniers, enfin s'élance dans la plaine par un saut de vingt-six mètres de hauteur perpendiculaire, et de cent vingt mètres de largeur; de noirs rochers, dont le sommet aigu surplombe de trente mètres la surface de l'eau, s'élèvent sur les côtés; à gauche, l'onde se précipite dans un abîme creusé au bas du roc; le reste de la cataracte, hérissé de blocs saillants, ne tombe pas en nappe, mais il n'en est pas moins beau : c'est une masse d'écume de soixante-dix mètres de large, qui se forme et se disperse sans cesse, et qui, frappée des rayons du soleil, reflète toutes les couleurs brillantes de l'arc-en-ciel.

En sortant des montagnes Rocheuses, le Missouri est encore plus terrible qu'à sa chute; il traverse une gorge de basalte longue de quatre kilomètres, qui l'encaisse dans deux murs du noir le plus sombre, hauts de quatre cents mètres, qui se penchent sur les eaux en menaçant d'en combler le lit par leur chute. C'est à la violence et à la rapidité du courant qu'est dû ce lit profond; le Missouri a formé longtemps un lac immense dont les traces sont encore visibles, avant d'avoir rompu cette digue puissante.

Le passage de la rivière Potowmak, à travers les crevasses des montagnes dans la Virginie, n'est plus rien, lorsqu'on le compare au passage du Missouri que je viens de décrire. La Virginie possède encore une curiosité du même genre : c'est le pont de Roche. Au fond d'une vallée ou plutôt d'un ravin de quatre-vingts mètres de profondeur et large seulement de quinze mètres, coule la petite rivière Cédar. Une roche calcaire épaisse de quinze mètres, traverse cette vallée d'un bord à l'autre; elle a été minée, percée par les eaux, transformée en une arche de pont ornée d'arbres, qui, vue du fond du ravin, inspire un sentiment de frayeur et d'admiration.

Une singularité nouvelle se montre depuis quelques années dans le Kentucky, à Burkesville, près de la rivière Cumberland. En perforant un puits artésien, pour obtenir de l'eau salée, parce que le terrain renferme un banc de sel, les sondeurs, parvenus à une profondeur de soixante mètres, firent jaillir une source d'huile de pétrole ou naphte, dont le jet s'éleva de quatre mètres au-dessus du sol. Le liquide coulait de manière à fournir soixante-quinze gallons à la minute; il sortit avec la même abondance pendant plusieurs jours. L'huile contient une grande quantité de gaz hydrogène, elle brûle en répandant une flamme très vive, mais elle est si volatile qu'elle s'évapore à travers le bois des tonneaux: on ne peut la conserver que dans des bouteilles bien bouchées. Actuellement, le jet n'est pas continuel; il revient spontanément par intervalles; en juillet 1835, il a fourni de l'huile pendant six semaines avec de l'eau salée, puis a disparu. Un bruit souterrain, semblable aux grondements lointains du tonnerre annonce l'émission de l'huile. L'eau de ce puits artésien coule dans un petit ruisseau; lorsque l'huile arrive, elle surnage en raison de sa légèreté.

6

C'est alors un curieux phénomène à observer quand on approche de la surface de la rivière un flambeau allumé, une nappe de feu se développe subitement et recouvre les eaux. Le sol du Kentucky est calcaire ; souvent il se fait des éboulements dans son intérieur qui produisent des trous creusés en entonnoir à la surface de la plaine.

Le Mexique commence la série des climats méridionaux de l'Amérique. Cette contrée renferme un plateau formé par une chaine de montagnes qui s'unit au vaste système des Andes ; les cimes n'ont pas encore la hauteur qu'elles atteignent au Pérou ; mais leurs sommets, placés jusqu'à cinq mille quatre cents mètres, portent plusieurs cratères en pleine activité. Les vallées des montagnes du Mexique sont tellement profondes et abruptes, qu'on ne peut les traverser qu'à pied dans plusieurs endroits.

On voit au milieu des montagnes de Santa-Rosa, des rochers de porphyre d'une structure régulière qui ont l'apparence de murs et de bastions ruinés. Dans les environs de la ville de Guanaxuato, sont d'énormes masses de porphyre, hautes de quatre cents mètres, qui supportent de volumineux oolithes ou pierres calcaires sphériques formées de couches concentriques ; l'aspect de ces pyramides naturelles et des plus extraordinaires. Un autre rocher de porphyre appelé Orgues d'Actopan, ressemble à une vieille tour ruinée. Les formes de ces rochers porphyriques sont encore plus bizarres au *Coffre de Pérote* ; là le roc est une montagne élevée de quatre mille cent quatre-vingt-quinze mètres au-dessus du niveau de la mer, qui représente un sarcophage antique surmonté d'une pyramide.

Je vous ai dit que le Mexique est rempli de volcans ; quelque menaçants qu'ils soient, les habitants du pays sont tellement familiarisés avec leurs phénomènes convulsifs qu'à peine y font-ils attention. Le mont Popoca s'ouvre en cratère de deux kilomètres de circonférence ; le Citlal-Tepelt, ou montagne étoilée, se couvre toutes les nuits de feux brillants qui éclairent les neiges de ses pics aigus. Dans l'année 1759, la plaine de Jorullo, sur la côte de l'océan Pacifique, a enseigné aux géologues comment les montagnes volcaniques se forment et se soulèvent. Après un effroyable tremblement de terre, le sol de la plaine s'entrouvrit, les couches inférieures du terrain s'élevèrent au-dessus des couches supérieures, une coulée de lave déborda comme un fleuve furieux, des déjections de toute espèce s'élancèrent dans les airs, projetées par une puissance d'une force incalculable, et dans une seule nuit surgit un volcan de trois cent soixante mètres d'élévation, entouré de deux mille bouches qui fument autour du cratère central. MM. Humboldt et Bonpland descendirent jusqu'au fond de ce cratère, à travers les dangers dont les menaçaient des crevasses exhalant du gaz hydrogène sulfuré enflammé, et des précipices qu'ils ne pouvaient franchir qu'en marchant sur de minces et fragiles colonnes de lave. Ils ont trouvé au cratère quatre-vingt-cinq mètres de profondeur perpendiculaire ; sa partie inférieure est remplie d'acide carbonique.

La ville de Guatimala a été engloutie par l'éruption de deux volcans dont l'un lançait du feu et l'autre de l'eau.

Au centre du lac de Nicaragua, placé entre l'océan Pacifique et l'Atlantique, est le volcan de l'Omotepelt, dont le feu ne s'éteint jamais. Toute la côte de l'Océan pacifique est bordée jusqu'à la chaîne du Boruca, de montagnes qui lancent des cendres et des laves.

Les lacs si nombreux dans le nord se continuent dans le sud ; le plus grand est celui de Chapala qui couvre six cent soixante kilomètres carrés : au second rang sont ceux de Mexico, de Pascuazo, de Mextitlan et de Parras.

Près du village de Molcaxac, la rivière Actoyac s'est creusé un canal dans un rocher calcaire, qui forme sur les eaux un pont naturel, d'une seule arche d'une grande portée ; les Espagnols le nomment *Ponte de Dios* ou Pont de Dieu.

L'Amérique méridionale est une grande presqu'île, que l'isthme de Panama unit à la partie nord dont le Méxique est la dernière région. Cette presqu'île est aussi formée de deux plateaux, situés sur des plaines basses, et surmontés de montagnes du premier ordre pour l'élévation. Il semblerait que la terre a été primitivement entourée d'un anneau solide, comme celui de Saturne, dont la chute aurait produit ces vastes plateaux de l'Amérique et de l'Asie.

Dans nulle autre contrée, les fleuves n'ont un cours aussi étendu, un lit aussi vaste, une masse aussi imposante. Les principaux sont l'Amazone, l'Orénoque et la Plata. Le fleuve des Amazones, dans son cours inférieur, a deux kilomètres de largeur ; quatre kilomètres avant le confluent de Xengu, et après avoir reçu cette rivière elle prend autant de développement qu'un bras de mer. La Plata est la réunion de plusieurs rivières rapides et profondes, dont la principale est la Parana. Cette rivière descend du Brésil en traversant une contrée montagneuse ; près de la ville de Guayra, elle n'est plus navigable, car pendant quarante-huit kilomètres, elle tombe de cataractes en cataractes à travers d'immenses gradins de rocs taillés à pic et d'horribles précipices.

L'Orénoque se jette dans l'Océan après un cours de douze cents kilomètres ; il prend sa source dans le lac d'Ypara, traverse celui de Parima, et descend vers les plaines basses par diverses chutes rapides, à l'aspect romantique. Voici comme l'illustre voyageur de Humboldt les décrit : « Lorsque du village de Maypares on des-
» cend au bord du fleuve en franchissant le rocher de Manimi, on
» jouit d'un paysage délicieux. Les yeux mesurent soudainement
» une nappe écumeuse d'un mille d'étendue. Des masses de ro-
» chers d'un noir de fer sortent de son sein comme de hautes tours;
» chaque îlot, chaque roche, se pare d'arbres vigoureux et pressés
» en groupe. Au-dessus de l'eau est sans cesse suspendue une
» fumée épaisse ; à travers ce brouillard vaporeux où se résout
» l'écume, s'élance la cime des hauts palmiers. Dès que le rayon
» brûlant du soleil vient se briser dans le nuage humide, les phé-
» nomènes de l'optique présentent un véritable enchantement. Les
» arcs colorés disparaissent et renaissent tour à tour ; et jouet léger
» de l'air, leur image se balance sans cesse. Autour des rocs pe-
» lés, les eaux murmurantes ont, dans les longues saisons des
» pluies, entassé des îles de terre végétale. Parés de drosera, de
» mimosa au feuillage d'un blanc argenté et d'une multitude de
» plantes, elles forment des lits de fleurs au milieu des roches
» nues. »

La Cordillière des Andes traverse l'Amérique méridionale du nord au sud, sans s'écarter beaucoup du rivage de l'Océan Pacifique. Près de Potosi et du lac sans écoulement de Titicaca, elle a deux cent quarante kilomètres de largeur ; c'est à Quito, au Pérou, sous l'équateur même, que se trouvent ses sommets les plus hauts. Cette longue et puissante chaîne est hérissée de volcans. Dans la Sierra-Nevada de Mérida, et la Silla de Caracas, au milieu de neiges qui ne fondent jamais, à quatre mille sept cents mètres, sont des cratères béants qui vomissent sans interruption des torrents de laves enflammées.

On voit dans la Silla de Caracas un horrible précipice de deux mille mètres de profondeur ; nul récit ne peut peindre l'effroi dont l'âme est saisie à l'aspect de cet affreux tartare.

Les gorges par lesquelles les Andes sont accessibles, n'inspirent pas moins d'épouvante. On ne peut les franchir que pendant l'été; douze jours sont nécessaires pour y parvenir. Le voyageur n'a

aucun secours à espérer dans ces tristes solitudes. Après avoir traversé d'épaisses forêts vierges, il entre dans un sentier réduit à la
largeur de soixante-dix centimètres, creusé entre deux murs de rocs
enduits d'argile, dont la hauteur se perd dans les nuages; de distance en distance, il descend au fond de ravins boueux où se rendent les sources qui filtrent entre les rochers, puis il suit le chemin devenu plus étroit encore qui serpente tantôt au-dessus,
tantôt au sein de Quebradas, fentes épouvantables qui divisent
les Andes, gouffres où s'enseveliraient, sans les combler, nos montagnes des Vosges et du Jura, sorte de portes naturelles qui
donnent issue aux courants d'eau qui forment les grandes rivières.

Les Paramos sont des déserts affreux situés dans les étages supérieurs des Andes. Dominant les vallées tempérées, les Paramos
sont des espèces de plateaux ou de terrasses, dont le sol nu et dépouillé de végétation est presque constamment couvert de neige.
Il y règne presque continuellement un vent glacial et violent, qui
détermine d'horribles tempêtes. Le Paramo de Serinsa, sur la
route de Tunja à Socorra, est le théâtre le plus redouté de ces
commotions atmosphériques. Malheur au voyageur que l'ouragan
vient assaillir au milieu de cette désespérante solitude, la mort
l'atteindra malgré toute l'énergie de sa résistance. Les nuées grosses de la tempête se forment, éclatent et compriment l'air, avec
tant de promptitude, que l'infortuné lutte déjà, lorsqu'à peine le
signe précurseur de l'orage vient de lui apparaître. Un vent glacial tourbillonne avec un sifflement lugubre, puis ses coups redou-
blés retentissent comme les détonations de la foudre; la neige
soulevée obscurcit l'air, toutes traces de chemin disparaissent, les
mules effrayées fuient au hasard et roulent dans les précipices.
Plus le malheureux voyageur avance et plus il s'égare, sa vue se
trouble, le froid engourdit ses membres et glace sa poitrine, des
ténèbres impénétrables le couvrent comme d'un lugubre linceul;
continue-t-il sa marche, il tombe brisé par le choc pesant des
vents, il ne peut plus respirer, il meurt dans les étreintes de
l'asphyxie; s'arrête-t-il, il est également condamné à mourir.

Près de Quito, la Cordillière des Andes s'élargit, devient un plateau sur lequel courent deux crêtes aiguës, qui le bordent comme
les collines d'une vallée. Ce plateau, élevé de deux mille neuf
cents mètres, renferme une population active et des villes de cinquante mille habitants. « Lorsque l'on a vécu pendant quelques
» mois sur ce plateau élevé, où le baromètre se soutient à $0^m 54'$
» on éprouve (dit M. de Humboldt) irrésistiblement une illusion

» extraordinaire : on oublie peu à peu tout ce qui environne l'ob-
» servateur, ces villages annonçant l'industrie d'un peuple monta-
» gnard, ces pâturages couverts à la fois de troupeaux de lamas
» et de brebis d'Europe, ces vergers bordés de haies vives de du-
» ranta et de barnadesia, ces champs labourés avec soin, et pro-
» mettant de riches moissons de céréales, se trouvent comme sus-
» pendus dans les hautes régions de l'atmosphère ; on se rappelle
» à peine que le sol que l'on habite est plus élevé au-dessus des
» côtes voisines de l'océan Pacifique, que ne l'est le sommet du
» Canigou, au-dessus du bassin de la Méditerranée. » C'est à Quito
que la chaîne des Andes atteint son *summum* d'élévation ; là, les
montagnes ont plus de six mille mètres. C'est à cette prodigieuse
hauteur, que le Pinchinchan, le Cayambé, le Cotopaxi ont leurs
cratères enflammés. Le Chimborazo est le dernier colosse de la
Cordillière ; après lui, les sommets s'abaissent et ne parviennent
plus même à la hauteur des neiges perpétuelles, jusqu'à quatre
cent quatre-vingts kilomètres plus au sud. Le Chimborazo a lancé
autrefois des flammes ; il est aujourd'hui endormi, soit momenta-
nément, soit pour toujours. Le Pinchincha est une des montagnes
volcaniques les plus puissantes du globe. Son cratère a quatre kilomètres de circonférence, la lave se fraye, avec un sifflement
affreux, un chemin au milieu des neiges. Trois rocs noirs pyramidaux surmontent cette bouche infernale, dans le centre de laquelle
on distingue plusieurs montagnes qui plongent par leur base, dans
un abîme, sans autre fond que le centre du globe.

Le cratère du Cotopaxi est élevé de quatre mille cent mètres.
Ses explosions se renouvellent sans cesse, et occasionnent de
grands désastres locaux. La lave, les ponces, les cendres, les
scories, couvrent plusieurs kilomètres autour du volcan. Pendant
l'éruption de 1738, les flammes s'élevèrent à neuf cents mètres au-
dessus du cratère. En 1744, le mugissement du Cotopaxi s'étendit
jusqu'à Honda, ville placée à huit cents kilomètres plus loin. En
1768, le 4 avril, les cendres voilèrent si complètement le ciel, que
la nuit se prolongea jusqu'à trois heures. Enfin, en 1803, après
vingt années de repos, survint une éruption si violente, que les
neiges de la montagne, qui n'avaient jamais fondu, disparurent
dans l'espace d'une nuit, et que le cratère eut ses bords complètement vitrifiés.

Dans la partie septentrionale de l'Amérique du sud, parmi les
principales curiosités qui viennent en seconde ligne, après ces terribles phénomènes volcaniques et les majestueuses montagnes qui

en sont le théâtre, je vous citerai les rivières Atabapo, Temi, Tua-mini, Guiania, dont les eaux sont noires, vues en masse, et d'un jaune doré, quand on les place dans un verre ; elles ne nourrissent ni poissons, ni insectes. Leur teinte est due à une solution d'hy-drogène carburé (1) qu'elles contiennent.

Les Llanos sont encore remarquables, Déserts sablonneux de l'Amérique ils n'offrent qu'une faible image de l'Océan de sable africain, encore n'est-ce que dans la saison des chaleurs, alors qué brûlants, leur surface est nue, aride, uniforme, qu'elle menace le voyageur de ses tempêtes de poussière, ou le trompe par l'illusion du mirage. Pendant la saison des pluies, les Llanos se transfor-ment en pâturages verdoyants, semblables aux steppes de l'Asie.

Dans la vallée de Pandi, on admire le pont naturel d'Icononzo, qui ne peut être qu'une fissure produite dans le roc par un trem-blement de terre. La vallée de Pandi n'est qu'un étroit et profond ravin, bordé de rochers nus et arides. Une crevasse s'est formée dans un de ces rocs, le ruisseau de la Summa-Paz s'y précipite, et de sa chute résultent deux belles cascades, que recouvre une arche naturelle de seize mètres de longueur, sur treize mètres de largeur, et cent mètres d'élévation au-dessus du niveau des eaux. Une se-conde arche plus petite surmonte la première. Quelques arbres, des plantes qui pendent accrochées par leurs racines entre les interstices du rocher, ornent les bords de la chute et contrastent avec la nudité des blocs supérieurs. L'humidité est la seule cause de leur végétation.

Le plateau de Bogota est dans sa structure et sa fécondité une des étonnantes merveilles de la création ; plus élevé que le cou-vent du Mont-Saint-Bernard, dans nos Alpes, il jouit d'une tem-pérature douce. Des montagnes l'entourent de toute part, de grands lacs séjournent dans son centre, le trop plein de leurs eaux produit le Rio-de-Bogota, magnifique rivière qui, en descendant du plateau pour se rendre dans le bassin de la Magdalena, se pré-cipite de cent soixante-quinze mètres de hauteur et avec un volume de soixante-quinze mètres carrés par une fente que tailla natu-rellement dans le roc un tremblement de terre, fente dont l'ouver-ture n'est que de treize mètres. Les Indiens nomment Tequendama cette belle cataracte, dont ils attribuent l'origine à *Bochica*, fon-

(1) L'hydrogène carburé ou carbure d'hydrogène est une combinaison de charbon avec le gaz hydrogène.

dateur de leurs tribus. On conçoit que l'étonnant spectacle de cette chute imposante, toujours couronnée d'une masse immense de vapeurs, dans laquelle la lumière se joue en arcs colorés, en colonnes irisées, en mille apparitions fantastiques et sans cesse changeantes, ait porté des peuples peu éclairés à lui attribuer une origine miraculeuse. L'énorme quantité de vapeurs, élevée par l'évaporation des eaux de la chute, condensée par l'air froid des hautes régions atmosphériques, se précipite en pluies qui fertilisent ce plateau élevé.

Près du village de Turbaco, situé sur une colline à l'entrée de la forêt majestueuse de la Magdalena, on trouve des volcancitos ; ce sont vingt petits cônes, hauts de huit mètres, qui s'élèvent comme de petites pyramides au centre d'une plaine entourée de bromelia, de roches calcaires, et d'une forêt de baumiers, de tolu et de cavamillesia mocundo, dont les volumineux fruits transparents semblent être des lanternes suspendues par milliers aux branches. Les cônes lancent des colonnes d'air, quelquefois des jets d'eau boueuse. On entend un bruit sourd et assez fort qui précède de quelques minutes l'éruption de l'air ; ce fluide doit être fortement comprimé dans des cavités souterraines recouvertes par les cônes.

Le second plateau de l'Amérique méridionale forme le Brésil, pays encore peu connu dans son intérieur, rempli de forêts vierges qui attendent que la main de l'homme vienne les défricher, pays riche en mines comme le Pérou, mais qui de plus renferme de précieux diamants. Le Brésil abonde plus en beautés sauvages et pittoresques provenant de la richesse de la vigueur de la végétation, qu'en pompeuses et grandioses montagnes, qu'en chutes bruyantes et majestueuses et en volcans menaçants.

Les Guyanes sont une suite de terres et de côtes basses, humides, inondées pendant une partie de l'année. C'est le pays des savanes, plaines chargées d'une végétation luxuriante, mais souvent couvertes d'eau. A la suite des pluies tropicales si abondantes, que nous autres Européens ne saurions nous en former d'idée, les fleuves s'enflent subitement, lancent leurs eaux furieuses au-dessus des digues naturelles qui les enchaînent ; elles se répandent vagabondes dans les savanes, sous la voûte épaisse des forêts ; la cime des arbres se transforme en îles mobiles de feuillages ; la mer se mêle aux eaux du débordement, ses habitants envahissent les retraites du cerf et de l'agouti ; dans leurs ébats, les poissons s'approchent des nids des brillants oiseaux mouches, des colibris,

des cotingas. Les poissons waraper, sacou et aymara, s'embarras-
sent dans des branchages, l'huître s'attache au tronc des arbres,
tandis que les crabes courent sur des ponts de lianes fleuries où
les singes et les pécaris cherchent un refuge contre les caïmans
qui les poursuivent sur les cimes où ils sont ordinairement loin de
leurs atteintes cruelles.

Toute cette nature que je viens de vous représenter est aussi
sagement organisée que majestueusement et largement dessinée.
Ces hauts plateaux, ces fleuves puissants au cours immense, ces
imposantes chutes, ces pluies et ces débordements, sont autant
de causes de vie et de fertilité pour les régions équatoriales de
l'Amérique.

OCÉANIE

VII. — Curiosités et phénomènes. —
Notices : JAMES KOOK, BOUGAINVILLE, LA PEYROUSE,
DUMONT-DURVILLE.

L'Océanie est considérée, par les géographes modernes, comme
la cinquième partie du monde. C'est un labyrinthe d'archipels, les
uns vastes, les autres réduits aux proportions d'îlots de rocs, de
simples récifs, qui déroule ses méandres tortueux dans le vaste
bassin de l'Océan, entre l'Asie et l'Amérique. Cette profusion de
sommets boisés, de plateaux étroits, de pics aigus, est évidemment le débris d'un continent écroulé, transformé en bassin pour
recevoir les eaux chassées d'un autre lit, dont les points culminants surgissent encore au-dessus des flots puissants qui ont
anéanti les demeures des races qui l'habitaient naguère. C'est là
peut-être qu'il faut chercher le berceau de la race humaine, sous
ce ciel qui est tempéré, sous ce climat parfumé, où les végétaux
les plus beaux ont été répandus avec profusion, où tout ce qui
peut satisfaire les besoins d'une société naissante et peu avancée
croît naturellement sans culture. Un grand travail sous-marin, con-
fié aux volcans, et à une race d'animaux bien faible en apparence,
mais puissante par ses travaux (les polypes), tend à reconstituer
cette terre enchantée primitive, frappée de réprobation. Des îles

nouvelles, soulevées par le feu central, apparaissent souvent, et
des bancs de coraux élaborés en peu d'années joignent les îlots,
comblent les petits détroits, transforment les petits groupes d'îles
basses en terres plus etendues. Les polypes absorbent les sels calcaires de l'Océan, pour élever ces énormes digues de corail, qui se-
ront un jour la base d'un monde que l'on pourra à juste titre qua-
lifier de nouveau.

Un de nos savants géologues modernes, M. de Chamisso, a, sur
le travail des terres océaniques, des vues analogues aux miennes;
il regarde les groupes d'îles basses du grand Océan et de la mer
des Indes, comme les sommets des montagnes sous-marines d'une
formation toute récente et pour ainsi dire contemporaine. Je vais
vous lire ce qu'il a écrit à ce sujet.

« Ces montagnes s'élancent à pic du sein de l'abîme ; leur cime
» forme des plateaux submergés, qu'une large digue, élevée sur
» leur contour, convertit en autant de bassins, dont les plus
» étendus semblent être les plus profonds. Les moindres se comblent
» entièrement et produisent chacun une île isolée, tandis que les
» plus vastes donnent naissance à des groupes d'îles disposés cir-
» culairement et en chapelets sur le récif qui forme leur en-
» ceinte.

» Ce récif, dans la partie de son contour opposé au vent, s'é-
» lève au-dessus du niveau de la marée basse, et présente au
» temps du reflux l'image d'une large chaussée qui unit entre elles
» les îles qu'elle supporte. C'est à cette exposition que les îles
» sont plus nombreuses, plus rapprochées, plus fertiles ; elles oc-
» cupent aussi les angles saillants du pourtour. Le récif est au
» contraire, dans la partie de son contour situé au-dessous du
» vent presque partout submergé, et parfois y est interrompu de
» manière à ouvrir les détroits par lesquels un vaisseau peut,
» comme entre les deux moles d'un port, pénétrer dans le bassin
» intérieur à la faveur de la marée montante. De semblables ports
» se rencontrent aussi dans la partie de l'enceinte, que des an-
» gles saillants et des îles protégent contre l'action des vents et
» des flots.

» Quelques bancs isolés s'élèvent çà et là dans l'intérieur du
» bassin ; mais ils n'atteignent jamais le niveau de la marée
» basse.

» Le récif présente, comme les montagnes secondaires, des cou-
» ches distinctes et parallèles de diverses épaisseurs.

» La roche est une pierre calcaire composée de fragments de

» coquilles, de lithophytes et de coquillages agglutinés par un
» ciment d'une constance au moins égale à la leur. Le gisement
» est ou horizontal ou légèrement incliné vers l'intérieur du bassin.
» On observe dans quelques-unes de ses couches, des masses de
» madrépores considérables, dont les intervalles sont remplis par
» de moindres débris ; mais ces masses sont constamment brisées,
» roulées ; elles ont toujours, avant que de faire partie de la ro-
» che, été arrachées du site où elles ont végété. D'autres couches,
» dont les éléments ont été réduits en un gros sable, présentent
» une sorte de grès calcaire grossier. La plus exacte comparaison
» ne laisse aucun doute sur l'identité de cette roche et de celle de
» la Guadeloupe qui contient des anthropolithes (1).

» Les polypiers vivants croissent selon leur genre et leur es-
» pèce, ou dans le sable mouvant ou bien attachés au rocher ; et
» les cavernes que l'on rencontre dans le récif, sur les bords de la
» lagune, offrent la facilité de les observer. Partout où les vagues
» se brisent avec violence, une espèce de *mullipore* (2) de couleur
» rougeâtre incruste la roche, et c'est à cette singulière végétation
» animale qu'est due la couleur qu'a généralement le récif, vu de
» la haute mer, ou au temps de la marée basse.

» Des sables déposés et amoncelés sur le talus du récif, vers le
» bord de la lagune, forment le commencement des îles ; la végé-
» tation s'y établit lentement. Les îles les plus anciennes et les
» plus riches qui, sur une longueur déterminée, occupent la plus
» grande largeur du récif, sont assises sur des couches de roches
» plus élevées que le haut de la digue submergée à la marée haute.
» Ces couches ont en général une inclinaison marquée vers l'in-
» térieur du bassin : le profil qu'elles présentent du côté de la
» haute mer est d'ordinaire masqué par une couche inclinée en
» sens contraire ; cette couche, composée de plus gros fragments
» de madrépores est souvent rompue, et les blocs renversés en
» sont épars çà et là ; des couches d'une formation récente, com-
» posées d'un sable plus menu, semblent en quelques endroits
» revêtir les rivages des îles. Sur une base de roche s'élève, du
» côté de la haute mer, un rempart de madrépores brisés et rou-
» lés, qui forme la ceinture extérieure des îles. Quelques arbustes
» croissent sur ce sol pierreux, mouvant et agité par les tremble-
» ments de terre ; ils y forment un épais taillis, et opposent leurs

(1) Ossements humains pétrifiés, mais dans une période récente.
(2) Sorte de polype.

» branches entrelacées et leur épais feuillage à l'action des vents.
» L'intérieur de ces îles en est la partie la plus basse, on y ren-
» contre des fonds marécageux et des citernes naturelles. »

Un des voyageurs de notre âge, qui mérite à juste titre le sur-
nom d'intrépide, M. Domeny de Rienzi, après avoir exploré l'O-
céanie pendant de longues années, propose de la diviser en :
1° Malaisie, comprenant les archipels voisins de la presqu'île de
Malaya, dont l'île de Kalamatan, improprement appelée Bornéo, est
la terre principale ; 2° Micronésie (1) ou Océanie septentrionale,
qui n'embrasse que les petites îles et rochers déserts, situés au
sud, un peu au-dessus du tropique du Cancer, et s'élevant au nord
jusqu'auprès du 40° parallèle : le groupe de Kounin-Sima en est
le plus important ; 3° la Polynésie (2) Tabouée, ou Pléthonésie,
réunion d'archipels habités par une race qui vit sous l'empire de
juridiction religieuse du *Tabou*. La Polynésie s'étend depuis
l'archipel Hawaii, au nord, jusqu'aux deux îles de l'Evêque et
son Clerc, au sud ; et de l'est à l'ouest, depuis Tikopia, près de
Vanikoro, où périt l'infortuné Lapeyrouse, jusqu'à Sala-y-Gomez,
île voisine de l'Amérique ; 4° la Papouasie, groupe insulaire, séjour de la race Papoua ; 5° l'Endaménie, comprenant l'Australie ou
Nouvelle-Hollande, la Nouvelle-Calédonie, Mallicollo, etc.

Les restes d'une antique chaîne de montagnes, qui n'a pas dû
être moins puissante que la Cordillière des Andes, s'aperçoit dans
toute l'Océanie. Partant des îles Mariannes, on la suit à travers les
Carolines, les îles Mulgraves, Tonga, Hamoa, etc. Une autre
branche commence dans les îles Philippines, traverse Palawan, Kalamatan, les Célèbes, Gilolo, la Nouvelle-Guinée, la Nouvelle-Hollande, où elle prend le nom de montagnes bleues, et se termine
dans l'île de Van-Diémen par le cap basaltique *del Pilar*, et le
cap Sud. Dans cette terre de Van-Diémen, la branche des Alpes
océaniques, dont nous venons de parler, se joint à un troisième
rameau, qui parcourt la Nouvelle-Hollande, les Moluques, Timor,
Java, Soumâdhra (Sumatra), les îles Nicobar et l'archipel des
Endamens où elle prend naissance, à moins qu'elle ne se lie à
quelque rameau détaché de l'Hymalaya, qui se trouverait sur la
côte voisine des Indes orientales.

Ces chaînes renferment une multitude prodigieuse de volcans,
les uns éteints, les autres en pleine activité.

(1) Micronésie veut dire en grec petites îles.
(2) Polynésie : ce mot veut dire beaucoup d'îles)

Pénétrons dans l'Océanie, par la Malaisie. Avant d'aborder l'île de Soumâdhra, le navigateur est souvent frappé par les aspects singuliers de la mer ; tantôt les flots semblent ceux d'un Océan de feu, phénomène lumineux produit par la phosphorescence naturelle des eaux marines dans les contrées intertropicales, à laquelle se joint l'émission de lumière fournie par les pyrosomes, animaux infiniment petits, de la classe des mollusques ; tantôt la mer devient blanche comme du lait, d'autres fois d'un rouge de sang. La couleur blanche est produite par un courant qui vient des côtes de la Nouvelle-Guinée et du golfe Carpentarie, dont les eaux sont remplies d'une innombrable multitude d'animalcules microscopiques. Ce sont des milliards de petits animaux crustacés qui donnent aux eaux la teinte rouge de sang.

Dans l'île de Soumâdhra, on aperçoit dès l'abord, une haute chaîne, dont le principal sommet, le Gounong-Kosoumbra, est élevé de quatre mille sept cents mètres. Soumâdhra est exposée aux ravages de cinq volcans ; les principaux sont le Berapi, le Gounong-Dembo, et l'Ayer-Raya, le plus actif de tous. L'intérieur de cette île renferme d'immenses forêts peu connues, dans lesquelles vivent des orangs-outang et des hommes noirs pygmées dont la tête est d'un volume énorme. A Java, la chaîne des Alpes océaniques se continue, ses principaux sommets sont : le Gounong-Kandang, le Tourenterga, le Tagal, le Keddo, le Soudharâh, le Domong, le Djapan, le volcan Guédé, dont le cratère surmonte de trois mille trois cents mètres le niveau de la mer, et le Tankouban-Prahou, autre volcan, qui a un vaste cratère en forme d'entonnoir profond. Le sol de Java est fortement accidenté et partout empreint de la puissante action des phénomènes volcaniques. Le plus étrange de ces phénomènes se manifesta en 1772, pendant une courte, mais épouvantable éruption. Vers la partie occidentale du district de Chéribon, existait alors le Papadayan, le plus grand des volcans de Java. Dans la nuit du 11 au 12 août, un nuage lumineux, d'un aspect extraordinaire, enveloppa toute la montagne ; puis, quelques heures après, avant que les habitants, effrayés par cette apparition inouïe, eussent pu prendre la fuite, la montagne s'abîma à la suite d'une effrayante détonation. Toute l'artillerie de l'Europe réunie n'aurait pu produire une semblable explosion ; des rochers en furent lancés à plusieurs kilomètres. La montagne disparut entièrement ; deux mille neuf cent cinquante-sept Javanais furent engloutis dans les entrailles de la

terre qui s'entr'ouvrit à plusieurs milles à la ronde. On voit actuellement une plaine sur l'emplacement du volcan.

Le climat de Java est très chaud et très malsain : des fièvres
endémiques déciment fréquemment la population. Près des côtes,
la chaleur est tempérée par les brises de mer. La fertilité du
sol est prodigieuse : les productions de l'Europe méridionale et celles
des contrées tropicales y abondent.

Java, qu'on croit être la *Iabadii insula* de Ptolémée, a des annales très anciennes, mais fabuleuses. Au xviiie siècle, elle avait
pour métropole *Madyapahit*. L'Islamisme s'y introduisit vers 1400.
Les Portugais y abordèrent en 1511, et y formèrent des établissements que les Hollandais leur enlevèrent en 1596. Batavia y fut
fondée par ces derniers en 1619, sur les ruines de Jacatra. Occupée
par les Anglais en 1811, cette colonie fut rendue aux Hollandais
en 1816. C'est une de leurs colonies les plus florissantes.

L'île de Kalamatan ou de Bornéo, est la troisième du globe,
pour la grandeur ; la Nouvelle-Hollande et Madagascar seuls la
surpassent ; son étendue est de douze cent soixante-dix kilomètres
de long sur neuf cents kilomètres de large. Cette île est inhospi-
talière pour les Européens, c'est dire qu'elle est peu connue ; son
centre est un plateau marécageux et boisé, entouré de hautes
montagnes, dont le Keene-Bollo est la plus élevée. Bornéo renferme
aussi plusieurs volcans. Le Kini-Balou, haut de trois mille trois
cents mètres, est remarquable par la quantité de cristaux et de
mines dont il abonde.

Les Portugais découvrirent Bornéo en 1521, et tentèrent en vain
d'y fonder des établissements. Les Hollandais y ont pris pied depuis 1604 ; ils ont conclu en 1643 un traité de commerce avec les
indigènes, et se sont fait céder en 1787 la souveraineté de la côte
sud.

L'archipel des Philippines (1) est situé au nord de la grande île
de Kalamatan ; sa superficie peut être de trois cent vingt-cinq
mille kilomètres. Les Philippines sont montagneuses et volcaniques ; Luçon et Maïndanao sont les îles principales du groupe. La

_____

(1) Les Philippines, découvertes depuis 1521 pour l'Espagne par les vaisseaux de Magellan, furent ainsi nommées plus tard en l'honneur de Phi-
lippe II ; toutefois, elles ne reçurent d'établissement espagnol qu'en 1568. La
colonie prospéra, et beaucoup de Chinois vinrent s'y fixer. Effrayés du nombre de ces colons, les Espagnols les massacrèrent (1639). L'inquisition y
devint toute puissante, et les moines s'emparèrent du gouvernement au
commencement du xviiie siècle.

mer qui les environne est le théâtre de tempêtes terribles et fréquentes, accompagnées de trombes redoutables. Ces convulsions atmosphériques purifient l'air, chassent les brouillards et les vapeurs qui s'élèvent des forêts et des marais. M. de Rienzi, que je prends pour guide en vous parlant de l'Océanie, essuya dans sa navigation une de ces tempêtes, qu'il décrit ainsi : « Un violent
» typhon nous avait assailli la veille. Les vents furieux avaient se-
» coué, tourmenté, ébranlé notre navire ; les vagues déferlaient sur
» lui en mugissant, et menaçaient de l'engloutir. Notre grand
» mât avait été brisé pendant la nuit par la foudre, et nos voiles
» avaient été emportées en partie. Le tonnerre et les flots, les vents
» et les montagnes voisines, et les antres de la terre, et les abî-
» mes de l'Océan, tout grondait autour de nous ; la nature était
» bouleversée, et la plus sombre terreur se communiquait jusqu'au
» fond de nos âmes. Cent coups de canon auraient été tirés à l'a-
» vant du navire, pendant ce bruit épouvantable et universel,
» qu'on ne les aurait pas entendus à l'arrière. Heureusement les
» vents déchaînés perdirent peu à peu leur fureur ; ils s'apaisèrent,
» et la brise du sud-ouest reprit son empire.

» A trois heures après-midi, nous étions en vue de Maïndanao,
» où nous poussait une brise assez forte. Le vent s'éteignit tout à
» coup, le calme survint, de noirs et épais nuages obscurcirent
» subitement le ciel, et semblèrent annoncer une nouvelle tem-
» pête. Nous carguâmes toutes les voiles qui nous restaient. Bien-
» tôt nous aperçûmes trois trombes : deux s'élevèrent et jaillirent
» entre nous et la terre : la troisième parut au nord-ouest, à la
» distance de quatre kilomètres de notre navire. Son mouvement
» fut en ligne courbe, et elle passa non loin de notre arrière. Je
» jugeai le diamètre de la base de cette trombe, être d'environ
» vingt mètres, car la mer, dans cet espace, était fort agitée et je-
» tait de l'écume à une grande hauteur. Sur cette base je vis s'é-
» lever un grand tube en forme de colonne, par où l'eau ou l'air,
» et peut-être tous les deux à la fois, s'élançaient en spirale au
» haut des nuages, et qui entraînaient de force un malheureux pé-
» trel, l'oiseau des tempêtes, montant et tournoyant avec lui.
» Deux de ces trombes paraissaient stationnaires, l'autre s'avançait
» vers le navire. Les vents soufflant de tous côtés, amenaient dans
» les nuages quelques éclaircies par où passaient des rayons so-
» laires à la lumière jaunâtre ; des éclairs traversaient rapidement
» les nuages. Je profitai de cette lumière pour constater que le
» tube se formait de torrents d'eau élevés de la surface de la mer,

» et que l'air était imprégné d'exhalaisons sulfureuses. Ce qui me
» fit penser que ce phénomène devait une partie de son énergie au
» fluide électrique, et qu'il en fallait chercher la cause dans quel-
» ques volcans sous-marins.

» La trombe la plus voisine servait de point de réunion à la mer
» et aux nuages : en s'approchant du navire, elle frappa d'admi-
» ration et de terreur tout l'équipage; notre position était très
» alarmante ; le navire vira de bord. On tira le canon contre la
» colonne à une assez grande distance pour que notre navire ne
» fût pas englouti par sa chute. Un éclair rapide et sans explosion
» sillonna les nuages, quelques ondées de pluie tombèrent près de
» nous : la trombe trembla, chancela et se précipita avec fureur
» dans l'abime, semblable à ces avalanches qui roulent avec fra-
» cas du sommet des Alpes helvétiques. Deux heures après, le
» soleil brillant et pur nous montra au loin, mais devant nous,
» la grande île de Maïndanao. »

Luçon est la plus grande des îles Philippines : parmi ses beautés naturelles on remarque la Laguna de Vay, magnifique lac de
cent vingt kilomètres de circonférence qui a des communications
souterraines avec les volcans voisins ; sur ses bords, M. de Rienzi
a reçu l'hospitalité dans la maison de la Hala-Hala, propriété d'un
Français, M. de la Gironière. Près de ce lac est la grotte de San-
Matheo, longue de quinze cents mètres, pleine de mares dans lesquelles on plonge jusqu'à la ceinture. Au milieu d'une gorge délicieuse embellie par des bananiers, des cocotiers, des palmiers,
d'odorants orangers et gardenia, sortent d'une montagne volcanique des sources d'eau bouillante ; tout animal qu'on y plonge est
dépouillé de sa peau à l'instant même, un œuf y durcit en quatre
minutes. Cette source et le hameau voisin, ont reçu le nom de
los Banos, *les Bains;* elle est fréquentée par les Européens de Ma-
nille. Nul site dans nos Pyrénées et dans nos Alpes n'est plus imposant et plus grandiose ; des basaltes, des roches volcaniques, des
rocs pyramidaux, s'élèvent de toutes parts, et sont décorés par la
verdure suave d'arbres séculaires

L'île de Luçon ou Lusong, est ornée de montagnes, de forêts,
de lacs, de fleuves, de jardins ; elle possède beaucoup de sites ro-
mantiques. Parmi les volcans, on distingue l'Albay, dont le cône
élevé est constamment en éruption. L'Albay devient surtout terrible en novembre et en décembre, après la saison des pluies. Ses
convulsions s'annoncent alors par une brume blanchâtre, qui recouvre sa cime, et que les tremblements de terre suivent de près;

c'est un indice auquel les habitants de l'île ne se trompent jamais.

Maïndanao, la seconde des Philippines en grandeur, a près de quatre cents kilomètres de l'est à l'ouest, et une largeur qui varie de soixante à quatre cents. C'est un Eden délicieux où les sites pittoresques, les grottes et les arbres les plus beaux abondent. Cette île renferme des forêts vierges formées de vaquois, de palmiers sagoutiers, de caneliers, de muscadiers, de palmiers aréquiers semblables à des colonnes légères, que les lianes vehouco et maca-bombay entrelacent de leurs vertes guirlandes ; au-dessus de la voûte mobile de ces beaux végétaux, s'élève comme une seconde forêt : ce sont les cimes des ébéniers, des pins et d'un acacia de soixante-dix mètres de hauteur. Le soleil ne pénètre jamais dans ces sombres retraites, et le voyageur, au milieu du jour, ne peut y entrer que muni de torches ardentes. Ces forêts sont le domaine des serpents python et ibitin, longs de treize mètres, des sangliers et autres animaux sauvages.

Les iles Moluques sont voisines des Philippines, mais plus méridionales ; depuis longtemps elles sont célèbres par les épices précieuses qu'elles produisent ; les Moluques sont un jardin odorant et délicieux.

Les Célèbes touchent aux Moluques, dont la plus grande, qui donne son nom au groupe, a quatre cents kilomètres de longueur. Célébes n'est pas moins belle que les Moluques ; comme Maïndanao, elle possède de sombres forêts hautes, vigoureuses et impénétrables. Le sol est entièrement basaltique et volcanique ; au centre de l'île sont plusieurs volcans très actifs ; la chute des aérolithes est fréquente dans cette île. Près du village de Tousea-lama, on marche au milieu de ravins encaissés et pittoresques qui entourent le plateau de Tondano, dont le centre sert de coupe aux eaux d'un beau lac d'où s'élance un torrent, le Manado. Après quelques mètres de cours, les eaux du Manado, barrées par une roche de basalte, s'engagent dans un étroit canal, où comprimées, elles résistent et centuplent leurs forces, puis se dégagent violemment et tombent en gerbe épanouie dans un limpide bassin, avec un bruit qui remplit majestueusement l'espace. Le noir rocher de basalte qui entoure la chute est tapissé de charmantes fougères dont les feuilles, gracieusement découpées, se penchent langoureusement vers le bassin pour se rafraîchir dans le brouillard qu'il évapore. Sur la côte, trois autres rivières se précipitent au pied de rochers gigantesques et bizarres, au milieu d'arbres rares et singuliers. La

7

plus grande des trois est la Chinrana, qui sort du lac Tapara-Karadja.

Dans la Micronésie, le premier groupe d'îles qui se présente est l'archipel des îles Pelew, sur lequel on n'a rien ajouté à nos connaissances depuis la description un peu romantique qu'en a donné le capitaine Wilson. Viennent ensuite les Mariannes. Les unes et les autres sont volcaniques. Les Carolines, Mulgraves et îles Gilbert ont absolument la même physionomie, ainsi que la même constitution physique. Une des singularités des groupes de la Micronésie, c'est un rocher haut de cinquante mètres, entièrement isolé, que les marins ont nommé la Femme de Loth, d'après un souvenir biblique. Ce roc, vu de loin, présente quelque ressemblance avec une statue mutilée, qui manquerait de bras ; sa base est large et irrégulière ; sur la droite est l'ouverture en arcade d'une caverne dans laquelle les flots se précipitent avec fracas. Autour de ce rocher bizarre on peut admirer plusieurs aspects intéressants de la mer ; tantôt l'onde réfléchit les plus brillantes couleurs, tantôt le navire qui la sillonne s'arrête, et les marins effrayés se croient entourés d'un écueil de sable ; ou bien, si l'ombre s'abaisse et remplace l'astre lumineux, de vastes et brillants sillons de feu dessinent leurs courbes concentriques autour du gracieux bâtiment dont le vent presse la marche rapide. Ces jeux de lumière sont dûs à l'abondance des béroës, des biphores, des méduses associés en myriades qui remplissent la mer par bancs de plusieurs kilomètres d'étendue, sur une profondeur de plus de dix. Les écailles microscopiques des biphores décomposent la lumière comme autant de prismes lorsque le soleil est radieux ; leur teinte jaune simule un écueil sablonneux, quand l'atmosphère se charge de vapeurs, et la phosphorescence de ces animaux singuliers, illumine l'Océan pendant les sombres heures de la nuit.

Vers les îles du Japon se trouve l'archipel de Kounin-Sima, entièrement désert, et couvert d'admirables forêts vierges, formées par des coryphas aux feuilles en éventail ; des pandanus aux fruits d'un rouge éclatant et lustré comme du corail ; des callophylum, des terminalia, dodonéa, éleocarpus, et plusieurs espèces magnifiques de lauriers. L'île de Peel, peu distante de Kounin-Sima est toute entière une masse volcanique couverte, jusque sur le sommet de ces collines, d'arbres propres aux constructions navales.

En venant du sud, on trouve, en abordant l'île de Peel, le port de Lloyd placé sur la côte occidentale. Ce port sert d'abri aux vaisseaux baleiniers qui viennent s'y approvisionner d'eau douce, de bois et de tortues.

Le port de Lloyd, d'après le dire du capitaine de vaisseau russe Lütke, est un des points les plus importants de la Micronésie, à cause des ressources sans nombre en vivres, eau, bois, et rafraîchissements de toute espèce que l'île Peel offre aux navigateurs ; ce port est un abri sûr et commode en toute saison pour les vaisseaux.

L'île Peel abonde en tortues dont la chair est délicieuse ; mais il est à craindre que les cochons que les Européens ont abandonné sur cette terre et qui s'y multiplient rapidement, ne viennent à les détruire, car ils en recherchent les œufs pour les dévorer. Ces pachydermes ont eux-mêmes dans les corbeaux de l'île un redoutable ennemi : ils attaquent les marcassins nouveaux-nés, les enlèvent, et arrachent la queue à ceux dont le poids est trop considérable pour être emportés. Les truies ont l'instinct de se retirer dans les fourrés les plus épais des bois pour y élever leurs petits, et de ne reparaître que lorsqu'ils sont assez vigoureux pour braver l'oiseau vorace. L'île de Peel a servi de refuge à deux Anglais naufragés que le capitaine Lütke recueillit. Voici le récit que ce marin distingué fit du naufrage des deux insulaires de la Grande-Bretagne.

« Devant nous, des montagnes nous apparaissaient revêtues d'une verdure pompeuse et variée ; elles présentaient un tableau aussi pittoresque qu'attrayant. Entre des rochers sauvages et nus, s'élevant de cent mètres et plus au-dessus de l'eau, s'enfonçaient dans plusieurs endroits des anses bordées de plages sablonneuses, d'où s'élançaient assez abruptement, à la hauteur de vingt-quatre à vingt-six mètres, des montagnes couvertes de bois jusqu'au sommet. Des rochers isolés dans la mer, de diverses formes fantastiques, plus nombreux surtout à la pointe méridionale, diversifiaient le tableau ; sur une de ces hauteurs nous vîmes de la fumée, puis des hommes tirant des coups de fusil, et faisant des signaux avec un pavillon anglais. Quoiqu'il se fît déjà tard, je résolus d'envoyer à l'instant une embarcation à terre, pour ne pas laisser plus longtemps sans consolation des malheureux que nous regardions indubitablement comme des naufragés. J'ordonnai à l'enseigne Ratmanoff de passer la nuit à terre avec le canot et de revenir au point du jour. Il était accompagné de MM. Mertens et Kitlitz.

» Ils revinrent le lendemain matin, amenant avec eux le bosseman (1) Wittrien et le matelot Petersen, du baleinier anglais *Williams*, perdu sur cette côte dans l'automne de 1826. J'appris d'eux que le capitaine anglais Beechey, de la corvette *Blossum*, nous avait devancés en faisant, au mois de juin de l'année précédente, la reconnaissance de toutes ces îles. Les navigateurs ne s'étonneront pas de nous entendre avouer que nous fûmes profondément fâchés d'avoir été prévenus dans la résolution de l'un du petit nombre de problèmes géographiques de quelque importance qui restent encore à éclaircir de notre temps. Faire une seconde fois la reconnaissance de cet archipel, après un officier aussi habile que le capitaine Beechey, c'eût été perdre en vain son temps. Je résolus donc de mettre à profit d'une autre manière le peu de jours que nous pouvions encore prendre sur notre traversée au nord, c'est-à-dire, de faire dans cet endroit des observations sur le pendule, et de fournir à MM. les naturalistes l'occasion d'explorer la nature d'une terre encore entièrement inconnue sous ce rapport.

» Nous nous trouvions droit en face de l'entrée d'un très bon port, dont Wittrien me remit le plan qu'avait laissé ici le capitaine Beechey, pour les bâtiments qui auraient occasion d'y relâcher. Nous guidant d'après ce plan, nous nous mîmes à louvoyer vers ce point, et après plusieurs bordées, nous jetâmes l'ancre au haut du port appelé, par notre prédécesseur, port de Lloyd.

» Je descendis à terre le même jour, accompagné de deux anachorètes, pour chercher un endroit convenable à mes travaux. Il était très singulier de rencontrer dans le bois, à une grande distance de la mer, tantôt des débris de mâts, même des mâts de hune entiers, tantôt de larges masses de bordage, et, à chaque pas, des barriques, ici vides, là remplies de l'huile de cachalot la plus pure, dont le *Williams* avait son chargement complet lorsqu'il fit naufrage. Ce bâtiment était à l'ancre dans un mauvais endroit de la partie méridionale du port. On peut croire qu'il était sous l'influence d'un destin ennemi ; car immédiatement avant son désastre, il avait même perdu son capitaine, tué par la chute d'un arbre qu'on abattait. Peu de jours après cet événement, le *Williams* fut arraché de dessus ses ancres par un violent coup de mer, et jeté sur les roches dans l'anse que nous avons appelée l'anse du Naufrage. Tout l'équipage se sauva à terre. A peu de distance de là, le navire le *Timor*, appartenant au même armateur que le

(1) Nom d'un grade inférieur dans la marine anglaise.

Williams, vint mouiller dans le port de Lloyd, et tout le monde partit sur ce bâtiment pour les Indes-Orientales, à l'exception de Wittrien et de Petersen, qui consentirent à rester pour sauver ce qu'ils pourraient du bâtiment naufragé, le capitaine du *Timor* leur ayant promis de venir les reprendre l'année suivante. Soutenus par cette espérance, nos deux ermites vivaient tranquillement dans la maisonnette qu'ils avaient construite des débris du navire qui fut mis en pièces et dispersé sur tous les rivages du port par un ouragan qui survint vers la fin de l'automne. Soit qu'ils comptassent toujours sur l'arrivée de leur bâtiment, soit que les matelots du commerce redoutassent de servir sur les bâtiments de guerre, ils ne voulurent point s'embarquer sur le *Blossum*. Cependant, depuis son départ, aucun autre bâtiment n'ayant paru jusqu'à nous, ils me prièrent avec instance de les délivrer de leur emprisonnement, ce que je fis naturellement avec plaisir.

» Le lendemain, nous nous donnâmes l'agrément d'une visite à l'habitation des nouveaux Robinsons. Nous fûmes rencontrés sur la rive par les descendants des compagnons d'infortune de nos solitaires, et d'énormes troupeaux de cochons, qui n'ayant pas reçu depuis vingt-quatre heures leur nourriture accoutumée, nous entouraient et nous suivaient partout. Une maison en planches de bordages de navire, avec un perron, couverte en toile, et portant au-dessus de la porte l'inscription : *Charles Wittrien's premises,* était la résidence de nos hôtes. Une table, deux hamacs, un coffre dont le couvercle d'acajou était le dessus de la table du capitaine, des fusils, une bible, un volume de l'encyclopédie britannique, quelques instruments de pêche et deux estampes formaient l'ameublement de cette unique habitation humaine sur les îles Kounin. Il y avait attenant un petit réduit couvert en cuivre, à côté un magasin, plus loin deux marmites incrustées dans un fourneau, pour servir de saunerie; sur le rivage, deux canots en planches d'un centimètre d'épaisseur doublés en cuivre ; partout un mélange de luxe et de misère ; partout les traces du génie d'invention que le besoin inspire à l'homme. Des sentiers battus dans diverses directions conduisaient de la maison à quelques reposoirs et à de petits bancs placés dans des endroits d'où les solitaires pouvaient le mieux découvrir la mer, et où ils passaient des journées entières, dans l'espoir de voir paraître quelque navire, messager de leur délivrance. L'ennui, et cet insurmontable sentiment de tristesse qui s'empare de l'homme privé de la société de ses semblables, étaient les seuls ennemis qui troublassent le repos de leur vie qui, avec les ressources que leur offrait la riche nature de cette terre, sous un beau climat, et avec ce qu'ils étaient parvenus à sauver du navire, aurait pu, sans ces motifs, être agréable. »

Tant il est vrai, mes amis, que l'homme est créé pour vivre en société ; ne pouvant se séparer de ses semblables, combien ne doit-il pas les aimer? que d'indulgence ne doit-il pas avoir pour eux? que d'efforts ne doit-il pas faire pour plier son caractère aux goûts de ceux qui l'entourent, afin de rendre plus agréable et plus douce leur existence mutuelle ? Mais revenons à notre exploration de l'Océanie.

Le navire qui fait voile vers l'est sort des limites de la Micronésie, et entre dans la Polynésie ; les iles Hawaii, les Sandwich de Cook, sont les premières terres importantes qu'il découvre. Elles se composent d'Hawaii, Tabou-Rawe, Rana, Morakaï, Oabou. Cette dernière est un délicieux paradis, orné de sites admirables, et d'une végétation à nulle autre comparable. Ce qu'il y a de plus remarquable dans Oabou, c'est le pic de Pari et la vallée de Oua. Le pic de Pari domine l'île entière; on y arrive en traversant d'abord une suite de ravins et de bosquets très épais ; au milieu de ces gorges, l'air est à peine agité, et le feuillage des arbres reste immobile ; mais lorsque l'on atteint un angle formé par un rocher qui surplombe un précipice de trois cents trente mètres de profondeur, en tournant l'angle, sans transition aucune, on est frappé par le souffle terrible d'un vent de tempête qui règne là éternellement ; ce roc est une espèce de mur de laves, c'est le sommet du Pari. Sur cette crète l'œil embrasse un admirable horizon ; sous les pieds se déroulent de riches vallées semées de villages, au loin la mer ; à droite et à gauche des aiguilles de granit, des pyramides volcaniques, des précipices couverts d'arbres ornés de fleurs et de superbes feuillages.

La vallée de Oua est un site délicieux : c'est une terrasse naturelle ménagée au fond d'un ravin dominé par deux hautes montagnes ; leur penchant est presque perpendiculaire, il forme un rempart de lave haut de plus de trois cents mètres, qui n'a qu'une seule ouverture du côté de la ville d'Hono-Rourou ; au fond de cette fraîche vallée, où ne pénètre jamais le soleil, coule un gracieux et limpide ruisseau.

L'ile d'Hawaii est la plus considérable de l'archipel : c'est une masse entièrement volcanique, vomie par des cratères sous-marins, hérissée de rocs, de laves et de pitons coniques. On remarque dans cette ile, d'abord le labyrinthe de grottes de Rani-Akea, qui, selon

les rapports d'un voyageur, tantôt serpentent en couloirs bas et
étroits, tantôt s'élargissent en salles spacieuses, hautes de six
mètres. « Nous marchâmes ainsi aux flambeaux, dit ce voyageur,
escorté par des naturels pendant un espace de quatre cents mètres,
environ. Les parois intérieures du roc n'avaient de caractéristique
que des configurations bizarres, apparaissant de distance en distance. On eût cru voir çà et là des statues taillées par le ciseau, des
niches gothiques, de longues colonnades grecques, des bas-reliefs.
ou des frises ornées. Aucun accident de stalactite ou de stalagmite
ne se faisait remarquer. Au bout de ces couloirs et de ces salles
souterraines, se révéla tout à coup un obstacle imprévu, une vaste
et profonde barrière d'eau salée. Nous fîmes une halte sur les bords.
Alors quelques-uns des naturels qui nous accompagnaient donnèrent leurs torches à leurs camarades et se jetèrent dans le lac pour
le traverser à la nage ; c'était comme une fantasmagorie. Ce bassin
d'eau, au-dessus duquel pendaient en franges, en larmes, en aiguilles, les concrétions de la lave, cette voûte dont pas un morceau n'avait la même forme, ces reflets de flambeaux sur les ondes du lac, ces têtes basanées de sauvages qui sortaient de l'eau,
éclairées à demi, ce silence et ces ténèbres, puis soudain la réper-
cution de la parole par les échos souterrains, tout cela composait
un fantastique tableau, un de ces rêves comme on en trouve dans
Apulée, cet ingénieux révélateur des hiérophantes d'Egypte ; ou
bien encore une de ces peintures échappées aux mythologues anciens, leur Styx, leur Achéron, leur Cocyte, l'antre de Cacus. L'entrée du souterrain se trouve placée à un demi-mille de la mer, et
la profondeur de l'eau paraît être de vingt mètres. L'action de la
marée s'y fait sentir, et probablement il existe une communication
souterraine entre la mer et le réservoir intérieur. »

Le promontoire de Kaï-Roua est une production contemporaine
du volcan Mouna-Huararaï ; il projeta de ses entrailles, en un seul
jour, un fleuve de lave qui s'avança de quatre kilomètres en mer
où, saisi par le froid de l'eau, il se solidifia et devint une chaussée de roc terminée par un noir rocher. Un Anglais, témoin de
cette éruption effroyable rapporte : « Que la masse brûlante, avant
d'usurper sur les domaines de l'Océan, passa sur des villages,
couvrit des plantations, combla une baie tout entière, changea
l'aspect de la côte, dévora des milliers d'hommes et de bestiaux.
Le torrent de lave marchait avec une irrésistible impétuosité. Il
arrivait par couches successives, tordant tout sur son passage,

coupant l'arbre au pied, comblant les ravins, et retrouvant toujours sa pente vers la mer. »

Sur ce promontoire sont creusés des gouffres profonds dans lesquels l'eau de l'Océan se précipite avec fracas, puis rejaillit en jets élevés par des ouvertures percées de divers côtés. Rien n'est plus imposant que ces belles et rapides arcades liquides, retombant en cascades écumantes sur le roc, lorsque la tempête comprime les eaux dans les gouffres intérieurs.

L'île d'Hawaii est célèbre par son volcan Kirau-Ea, le plus extraordinaire du globe entier. Après avoir traversé une plaine ornée de bosquets, de cocotiers, de pandanus et de bananiers, suivie d'un bois d'aleurites qui végète sur une couche de lave, et praticable seulement par un étroit sentier, à cause des lianes et autres plantes parasites, on arrive sur une large coulée de laves, chaussée polie et glissante, sur laquelle le pied peut à peine se fixer. Il faut marcher pendant plusieurs heures sur ce terrain difficile, avant que le volcan se révèle. On est averti de son voisinage par de longues colonnes de noires vapeurs qui s'élèvent vers les nues. Bientôt le voyageur arrive sur les bords d'un précipice profond de cinquante mètres, couvert d'arbres et de buissons ; une rampe à pic, qu'il faut se résoudre à descendre, conduit dans une plaine où est un second précipice taillé en mur jusqu'à une profondeur de soixante-dix mètres. En suivant le rebord d'un précipice, qui a la forme d'une digue, on arrive sur le penchant d'un gouffre horrible, vomissant des flammes et une épaisse fumée sulfureuse. Le tableau offert par cette espèce de lac brûlant est au-dessus de toute description. La surface de ce lac de laves est de sept à huit milles anglais de circonférence, la pente des bords est de quatre cent trente mètres ; au fond on distingue une soixantaine de petits cônes d'où jaillissent les flammes, le centre est onduleux ; dans certains endroits la lave apparaît pâteuse, demi-solide, couverte de soufre ; dans d'autres encore incandescente et liquide. Rien n'est plus instable que le fond de ce gouffre ; l'action convulsive du feu souterrain qu'il couvre, le tourmente et le modifie singulièrement chaque jour. Avant l'arrivée des missionnaires anglais qui ont implanté la civilisation européenne dans cette île où Cook perdit la vie, il y a un peu plus d'un siècle, les Hawaïens regardaient le Kirau-Ea comme le palais de Pele, déesse du feu et des volcans. Non loin de ce cratère extraordinaire, s'élève l'imposante masse du mont Mou ;a-Ro a.

Le volcan de Pouna-Honou appartient à la même île ; sa célébrité est moindre que celle de Kirau-Ea, cependant il n'est pas moins curieux. C'est une dépression de mille mètres de diamètre, entourée de crevasses et de petits cratères exhalant de la fumée, Le fond de la dépression est distante du bord d'environ vingt mètres ; deux fentes, prodigieusement béantes, projettent des vapeurs avec une force et un sifflement qui annoncent un puissant travail intérieur ; de temps à autre, après une détonation souterraine, et une secousse du terrain, s'élance une longue colonne de flamme surmontée d'un dais de cendre d'or tombe une pluie de ponces et de scories, puis un ruisseau de laves déborde, s'avance vers la plaine, incendiant les arbres et les buissons.

Après avoir quitté les îles Hawaï et coupé l'équateur, on rencontre le petit archipel de Nouka-Hiva, formant les îles Marquesas ou Marquises, de l'espagnol Mindanao, qui en fit la découverte en 1595. Ici change l'aspect général du sol ; il doit aussi son origine aux éruptions volcaniques ; mais comme nombre de siècles se sont écoulés depuis qu'il a surgi hors des profondeurs océaniques, une belle végétation recouvre et cache les laves. Les îles Nouka-Hiva renferment peu de plaines ; elles ne sont qu'une suite de hautes collines et de vallées, depuis leur centre jusqu'au rivage même. Le paysage intérieur est plein de grâce et de fraîcheur; les cocotiers, les pandanus, l'arbre à pain, unissent leurs verts feuillages en bosquets délicieux, et souvent dans l'intervalle de leurs élégants bosquets, on aperçoit la chute d'une cascade, qui descend tantôt d'un seul jet, tantôt en se brisant sur les rochers du haut d'un morne de cent mètres d'élévation. Si l'on fait voile de cet archipel vers celui de Taïti, on aborde d'abord à l'île Waïhou, île de Pâques des premiers navigateurs dans le grand Océan du sud. C'est une masse volcanique stérile, couverte de ponces et de scories, sans sources ni cours d'eau ; les insulaires ne peuvent se désaltérer que dans les mares fétides où s'amassent les eaux pluviales. Notre grand navigateur Lapeyrouse vit dans cette île une montagne en forme de cône, portant à son sommet un cratère éteint. La stérilité de Waïhou fait que les marins ne s'y arrêtent que peu de temps ; non loin de là ils rencontrent l'Archipel Pomotou, suite d'îles basses s'étendant sur une surface de deux mille kilomètres. Chaque ilot se compose d'une ceinture dont la base est du corail et des madrépores, entourant un lagon d'eau salée. Les iles Pomotou sont indiquées sur les anciennes cartes par les noms d'archipels dangereux, îles basses, mer mauvaise. Leur abord est en effet difficile, à cause des récifs de coraux qui sont cachés par quelques mètres d'eau seulement. C'est là une des terres nouvelles enfantées par les animaux madréporiques, que le travail de ces animaux et les siècles transformeront en un vaste noyau de continent.

L'archipel Taïti est célèbre par les peintures romanesques et enthousiastes qu'en ont donné Cook et Bougainville (1); le second de ces illustres navigateurs le nomme Archipel de la Société. Aujourd'hui on a substitué les noms nationaux de ces îles aux noms imposés par leurs découvreurs, car ceux-ci avaient l'inconvénient de n'être pas généralement admis par les géographes Européens. L'archipel de Taïti est composé de onze îles : Maupiti, Toubaï, Bora-Bora, Tahaa, Raiatea, Wahine, Tabou-Emanou, Maïtia, Eïmo, Tetoua-Roa et Taïti. Tout ce beau groupe est volcanique, c'est le paradis de l'Océanie. La température, malgré la

(1) Cook (James), né en 1728 à Marton (Yorkshire), commença par être matelot, acquit sans maître les notions de mathématiques et d'astronomie nécessaires à la navigation, et s'éleva au rang de capitaine de vaisseau. Il a exécuté par ordre du gouvernement anglais trois voyages autour du globe. Le premier, entrepris en 1768, avait pour but d'aller à Otaïti observer le passage de Vénus sur le disque du soleil ; dans ce voyage, il reconnut les côtes de la Nouvelle-Zélande, et découvrit le détroit qui la partage en deux îles (détroit de Cook). Dans le deuxième, qu'il fit en 1772, et qui dura trois ans, il eut pour mission de vérifier l'existence des terres australes ; s'étant avancé jusqu'au 71° degré de latitude, il s'assura qu'il n'existe aucune terre de quelque étendue dans ces régions. Cook découvrit chemin faisant la Nouvelle-Calédonie. En 1776, il fit un troisième voyage, afin de s'assurer s'il existe une communication entre l'Europe et l'Asie près le nord de l'Amérique. Il fit le tour du Nouveau-Monde, gagna la baie d'Hudson par le détroit de Behring; mais après avoir fait des efforts inutiles pour se frayer un passage à travers les glaces au nord du détroit de Behring, il fut forcé de renoncer à ce projet. Cook redescendit vers le sud, et s'arrêta pour réparer son vaisseau dans l'île de Hawaï, une des Sandwich ; là, une querelle s'étant engagée entre son équipage et les naturels, il périt dans la mêlée (1779).

Bougainville (L.-Ant. de), né à Paris en 1729, mort en 1814, quitta l'étude du droit pour la carrière militaire, devint aide-de-camp de Chevert, puis accompagna le marquis de Montcalm au Canada, se signala dans cette expédition, et obtint le grade de colonel (1759). A la paix, il se tourna vers la marine, alla en 1769 occuper les îles Malouines, puis partit pour un voyage autour du monde, le premier de ce genre qu'eût entrepris un Français (1766-1769) Il commanda plusieurs vaisseaux dans la guerre d'Amérique, devint chef d'escadre en 1779, et fut chargé en 1790 de commander l'armée navale de Brest ; mais n'ayant pu rétablir l'ordre dans cette troupe indisciplinée, il se retira du service. Bougainville a publié la *Relation de son voyage autour du monde* (1771-1772); qui a eu un succès prodigieux. Il a fait un grand nombre de découvertes géographiques dans l'Océan Pacifique, et a laissé son nom à plusieurs des lieux qu'il avait découverts.

latitude, est douce, le sol gras et fertile, les végétaux magnifiques, les sites d'un pittoresque admirable. On distingue parmi les beautés les plus remarquables, la vallée de Matawaï. Pour y parvenir, il faut traverser le lit d'un torrent ; cette vallée resserrée entre de hautes montagnes est couverte de beaux arbres ; les flancs des monts sont ornés de jolies bruyères et d'odorants arbrisseaux ; partout l'eau suinte à travers les rocs et s'échappe bientôt en cascades limpides qui se joignent pour devenir un torrent écumeux. Arrêté dans sa marche par un précipice, ce courant rapide s'élance dans le gouffre d'une hauteur de trente mètres. Au-dessus de la chute, la vallée s'élargit, la montagne qui l'encaisse à droite se dresse en forme de mur à pic, élevé de quarante mètres. Le rocher qui produit cette muraille naturelle se nomme le Piha, c'est une masse basaltique dont les milliers de prismes s'accollent en longues colonnes canelées. Plusieurs chutes embellissent de leurs eaux ce roc majestueux : les unes tombent en nappes, les autres en gouttes divisées comme celles d'une douce averse de printemps ; mais elles sont dominées par une puissante cataracte, au murmure grave et religieux. Les montagnes se rapprochent ensuite tellement qu'elles ne laissent au torrent qu'un lit étroit, barré par des rochers que l'eau franchit en bouillonnant.

Dans l'intérieur de l'île est le lac Wahi-ria, vaste coupe sans fond, selon la croyance des indigènes, mais où la sonde trouve vingt-deux mètres sur les bords, et trente-cinq mètres vers le centre ; d'un côté la rive du lac est formée par une masse de rochers perpendiculaires, hauts de cinq cents mètres ; de l'autre par une pente douce tapissée de fougères, végétant entre les prismes de basalte mêlés à des blocs de lave vaporeuse ; mille cascades tombant de rochers en rochers se précipitent dans le lac qui ne donne issue à aucun ruisseau. Le Mont-Mowa mire son orgueilleux sommet, haut de trois mille quatre cents mètres dans le beau cristal du Wahi-ria. On ne peut arriver jusqu'à ce lieu si romantique, qu'en franchissant une vallée sauvage surplombée par des rochers verticaux versant des eaux abondantes de toutes parts, et qui se termine par une suite de collines abruptes disposées par étages, entrecoupées de vals étroits et de marais.

Bora-Bora est un grand cône volcanique, dessinant une vaste pyramide couverte d'arbres sur sa pente ; cette belle île est entourée d'une ceinture de récifs élevés au-dessus de l'eau, et plantés d'élégants cocotiers ; elle est, d'après l'expression poétique d'un navigateur, comme un bouquet entouré d'une verte guirlande

Les archipels Tonga, Hamoa et Viti, sont comme une chaîne qui s'étend entre les îles Taïti et les îles Salomon. L'archipel Tonga se compose de plus de cent îles qui sont les îles des Amis de nos anciennes cartes. Tonga-Tabou, la plus grande du groupe, a pour base un roc de corail. Les îlots nombreux et fertiles de ce bel archipel semblent de frais oasis au milieu du désert. Souvent au sein de ces masses madréporiques fabriquées par des animaux singuliers de l'Océan, s'élancent des pitons basaltiques et des côtes volcaniques ; l'eau et le feu ont uni leurs efforts pour préparer une demeure au roi de la création.

Les îles Hamoa sont des îles désignées autrefois sous le nom si vague d'Iles des Navigateurs. La plus favorisée de ce groupe est l'île Plate ; une végétation admirable couvre cet îlot, dont le centre s'élève en pyramide à sommet plat, circonstance de laquelle l'île a tiré son nom. Maouna est célèbre parmi les autres terres de l'archipel Hamoa par la mort du capitaine Delangle et du naturaliste Lamanon, compagnons de Lapeyrouse. Corails, madrépores et laves, sont encore les matériaux, base des îles Hamoa.

Les îles de Viti forment un archipel immense qui se prolonge sur une étendue de quatre cents kilomètres du nord au sud, sur une largeur de trois cent vingt kilomètres de l'ouest à l'est. Elles sont habitées par une race anthropophage issue d'un mélange de Papous et de Polynésiens ; fertiles et riches en forêts, le précieux bois de sandal y abonde. Les récifs de corail rendent fort dangereux les canaux qui séparent ces îles. Entre elles se distingue Kandabou par ses mornes dominés par un piton dont la cime se cache dans les nuages. Les îles Viti commencent la Papouasie ou région de l'Océanie habitée par les Papous.

Les nouvelles Hébrides ressemblent aux îles Viti ; dans Tanna, l'une d'elles, Cook fut témoin d'une violente éruption volcanique. Vanikoro est le lieu où Lapeyrouse (1) fit naufrage et termina sa

(1) La Peyrouse, né en 1741 à Albi, devint en 1780 capitaine de vaisseau après plusieurs campagnes. Envoyé en 1782 en Amérique pour détruire les établissements anglais de la baie d'Hudson, il réussit dans cette mission périlleuse. Il fut en 1785 chargé par Louis XVI d'un voyage de découverte. Parti de Brest, il avait visité les côtes de la Tartarie, du Japon et de la Nouvelle-Hollande, lorsqu'en 1788 on cessa entièrement d'avoir de ses nouvelles. On fit, mais en vain, plusieurs voyages dans le but de rechercher ses traces, et on désespérait de les découvrir, lorsqu'en 1827 le hasard fit rencontrer par l' capitaine anglais Dillon les débris de ses vaisseaux dans une des îles Vanikoro.

glorieuse existence ; un monument simple en forme de pyramide a été élevé à sa mémoire sur cette plage lointaine, par le capitaine Dumont-d'Urville (1). De nombreux récifs de corail entourent cette île funeste et malsaine.

Dans l'archipel de Salomon, il faut signaler l'île Isabel, où le capitaine Surville mouilla le 13 octobre 1769 dans un hâvre qu'il nomma port Praslin. Ce hâvre est semé d'îlots ; il est entouré d'une grève ombragée par de beaux arbres, au fond est une superbe cascade qui descend dans la mer par trois gradins de rochers bizarrement taillés et creusés en bassins superposés : des sandals, des pandanus et des cycas, sortent de l'interstice des roches humides et penchent sur les eaux leur vaste chevelure. Ce serait à l'extrémité de l'archipel de Salomon qu'il faudrait placer les îles du Massacre de l'américain Morell, si l'emphase de son récit et l'absence de toute lumière dans laquelle il laisse sur leur position ne faisaient soupçonner le peu de véracité de sa relation. Les madrépores continuent à servir de base aux îles Salomon, à la Nouvelle-Irlande et à la Nouvelle-Bretagne.

La plus grande île de la Papouasie est la Nouvelle-Guinée, que le détroit de Torrès sépare de la Nouvelle-Hollande. La Nouvelle-Guinée a été découverte vers 1511 par les Portugais Antonio Abreu et Francisco Serrano ; sa longueur est de deux mille kilomètres, sa largeur de cinq cent vingt dans les points les plus étendus, de vingt seulement dans les plus étroits. Peuplée d'hommes noirs et demi sauvages, la Nouvelle-Guinée est néanmoins un fortuné sé-

(1) Dumont-d'Urville (César), contre-amiral, né à Condé-sur-Noireau en 1790, fit partie d'une expédition scientifique envoyée en 1819 dans l'archipel et la Mer Noire, découvrit la belle *Vénus de Milo*, qui décore aujourd'hui le musée du Louvre, accompagna de 1822 à 1825 le capitaine Duperrey dans un voyage de circumnavigation. A son retour, il publia divers mémoires scientifiques et une *Flore des Malouines* (en latin). Capitaine de frégate en 1826, il reçut le commandement des deux frégates : l'*Astrolabe* et la *Zélée*, avec mission d'explorer l'Océanie. Il découvrit dans l'île de Vanikoro le lieu où avait péri l'infortuné La Peyrouse. Dumont-d'Urville rassembla dans ce voyage une foule de documents précieux pour la géographie et la botanique, et fit paraître sous le titre de *Voyage de l'Astrolabe* le résultat de ses recherches. En 1837 il entreprit un nouveau voyage, explora les mers australes, poussa très avant vers le pôle antarctique, et découvrit quelques nouvelles terres, notamment la terre *Louis-Philippe* et la terre *Adélie*. Créé contre-amiral en 1840, il reçut de la Société de Géographie la grande médaille d'or. Ce célèbre navigateur s'occupait à publier son *Voyage* au pôle sud et dans l'Océanie, lorsqu'il périt avec toute sa famille dans l'affreuse catastrophe du chemin de fer de Versailles, le 8 mai 1812.

jour abondant en végétaux utiles, en arbrisseaux odorants, en fleurs et oiseaux brillants de riches teintes. Salawati et Waisgiou, ressemblent pour la constitution physique à cette grande île.

Waisgiou, jusqu'à présent a été peu connue; je vais vous lire sur cette île de la Papouasie un morceau curieux de notre célèbre navigateur Dumont-d'Urville.

« Depuis deux jours les naturels n'avaient point encore paru le long du bord; dans mes courses précédentes, je n'avais pu approcher d'eux, non plus qu'aucun officier de l'*Uranie*. Pourtant je désirais observer cette race d'hommes, touchant laquelle les dépositions des voyageurs avaient été si différentes ; les uns les dépeignant comme des sauvages féroces et sanguinaires, qui ne cherchaient que l'occasion de surprendre les étrangers pour les égorger et leur couper la tête; d'autres n'ayant trouvé en eux que des hommes doux, paisibles et timides ; en outre, je voulais constater ce qu'il y avait d'exact dans le fait mentionné par Forrest, qu'un isthme étroit séparait le port de Fofahak d'une grande baie méridionale.

» A six heures du matin, je m'embarquai avec MM. Lesson et Rolland dans le grand canot, armé de sept hommes. Parmi ces canotiers, j'avais placé l'Anglais Williams, dont le dévouement, la bonne volonté et l'intrépidité m'inspiraient le plus de confiance. Nous passâmes devant la haute péninsule que couronne un morne élevé dont la forme bizarre affecte celle d'un bonnet phrygien, et devant la petite île des Tombeaux qui se réunit à la péninsule par un récif couvert seulement de quelques mètres d'eau à la marée basse. Sur le bord de l'île se trouvaient une dizaine de naturels, postés près de leurs pirogues, qui nous regardaient venir avec inquiétude, et semblaient tout prêts à s'enfuir dans leurs pirogues. La connaissance que j'avais déja acquise du caractère de ces sauvages, m'avait indiqué que, pour entrer en communication avec eux, rien n'est plus maladroit que de marcher directement vers eux, quand ils ont peur de vous; mais qu'il faut au contraire faire semblant de ne pas les voir, ou de ne pas se soucier d'eux, et peu a peu leur défiance diminue.

» Ainsi, je recommandai à mes compagnons de ne pas faire semblant de les regarder, et nous poursuivimes notre route. Nous ralliâmes la côte méridionale du hâvre, qui est fort raide et n'offre pas un seul point où l'on puisse débarquer ; elle est en outre couverte d'arbres d'une hauteur médiocre parmi lesquels les casuarica sont des plus nombreux. En quittant le bord, le ciel était

déjà couvert ; mais je comptais arriver sans eau, lorsqu'à sept
heures, les nuages parvenus sur nos têtes éclatèrent et nous couvrirent de torrents de pluie, si bien que nous fûmes en peu de minutes trempés jusqu'aux os. En cela, mon plus grand regret fut de
voir que le temps nuisait infiniment à mes recherches de botanique
et d'entomologie (1).

» Vers sept heures et demie, nous parvînmes au fond de l'anse
qui termine le bras occidental du hâvre de Fofahak, éloigné de
quatre kilomètres de notre mouil'age. En y arrivant, une triste
scène s'offrit à mes regards. En place d'une plage dégagée, accessible et même habitée, que je m'attendais à trouver, le rivage n'offrait qu'un marais fangeux, couvert d'immenses mangliers du
genre *bruyuiera*, dont les racines traçantes, arquées et anastomo-
sées (2) dans tous les sens, étendaient une sorte de filet sans bornes sur tout ce marécage. Rien n'est plus pénible, plus difficile,
que de s'avancer sur ce sol ; en cheminant sur ces racines, le pied
glisse à chaque instant, et l'on court le risque de se rompre le
cou. Nous restâmes dans le canot pour faire notre frugal déjeûner,
dans l'éspoir que la pluie cesserait, mais elle continuait avec force.
Pour ne pas perdre le fruit de cette course, à huit heures je me
décidai à pousser une reconnaissance à l'intérieur, aussi loin que
je le pourrais.

» Je me mis en route accompagné de Rolland, de Williams et de
deux autres marins ; M. Lesson préféra demeurer près du canot.
Nous trouvâmes sur le rivage deux pirogues qui semblaient récemment tirées à terre ; j'en conclus naturellement que ces lieux étaient
visités par les sauvages, et que je pourrais en rencontrer de nouvelles traces sur ma route. Après avoir suivi l'espace de cent pas
le lit d'un torrent assez profond, nous tombâmes sur une case qui,
par sa forme et la nature de ses matériaux, ne me parut propre
qu'à servir de station pour s mettre à l'abri des injures du temps.
Près de là gisaient sur le sol deux édifices plus considérables. Le
terrain sur ce point est couvert de mangliers, de palmiers, de lataniers, de pandanus et d'autres grands arbres. La plupart de ceux-
ci ont leurs troncs couverts, jusqu'à une grande hauteur, de pothos (3) énormes, dont quelques-uns m'offraient leurs beaux

(1) L'entomologie est la partie de l'histoire naturelle qui s'occupe des insectes.

(2) C'est-à-dire se rejoignent pour se diviser, puis se rejoindre et se réunir
encore comme les mailles d'un filet ou les nervures d'une feuille.

(3) Les pothos sont de belles plantes parasites pour la plupart ; on les range

spadices terminaux. A cette case commence un petit sentier assez nettement tracé, qui nous permit de cheminer à travers ces inextricables lacis de végétaux. Après avoir traversé plusieurs fois un torrent d'eau très fraiche, nous nous trouvâmes au pied de la montée. La route devint plus commode, le sol est plus ferme et plus sec, et je recueillis plusieurs sortes de plantes nouvelles pour moi, parmi lesquelles je ne citerai que le curieux *Nepenthes mirabilis* (1) aux godets toujours remplis d'eau, que je rencontrais pour la première fois. Par malheur la pluie tombait à verse, et ces échantillons ne pouvaient être bien conservés.

» A mesure que nous nous élevions, le sentier devenait plus rapide ; le sol argileux était si glissant, que nous eussions probablement échoué dans nos efforts, sans des entailles, pratiquées par les naturels, qui nous servaient de degrés. Toutefois, il nous arrivait souvent de lâcher pied, et alors nous perdions, en une seule glissade en arrière, le fruit de longs efforts. Nous nous en consolions en riant à gorge déployée de notre déconvenue. Enfin, nous arrivâmes au sommet de l'isthme dont j'estime la hauteur totale à deux cents mètres environ. Là fut résolue sur-le-champ la question qui m'appelait en ces lieux. Dans la direction de la baie l'ofahak, les arbres me cachaient la vue de la mer, et je ne pouvais voir que la haute crête dentelée qui règne au-delà ; mais du

---

dans la famille des aroïdes ; elles se composent d'une racine qui s'enfonce soit en terre, soit dans le tronc d'un arbre, de feuilles dures et coriaces, et des fleurs disposées en spadice (sorte d'épis) cylindrique, simple, entouré d'un spathe monophyle (enveloppe membraneuse d'une seule pièce.)

(1) Les népenthes, avec les rafflesia et les cytinus, forment la famille des cytinées, voisine des aristolochées.

Les népenthes sont des végétaux singuliers, vivaces et herbacés, dont les feuilles se terminent par un long filament, qui supporte un godet recouvert d'une sorte de couvercle qui s'ouvre et se ferme naturellement. Ces godets sont constamment remplis d'une eau claire, douce et agréable au goût, qui a sa source dans le tissu même du vase, où l'on trouve des espèces de glandes qui produisent le liquide. A Madagascar, les noirs s'imaginent qu'il pleuvra toute la journée, si quelqu'un renverse à terre l'eau d'un néphentes. Les diverses espèces de ce genre sont : le néphentes des Indes, le néphentes de Madagascar, le néphentes à feuille en forme de bouteille, le néphentes en crête, le néphentes mirabilis et le néphentes gymnamphora. Ce genre de plantes n'a de commun que le nom avec le néphentes des Grecs, dont parle Homère, végétal qui jouissait, dit-il, de la propriété de dissiper les chagrins, calmer la colère et faire oublier tous les maux, lorsqu'on en buvait le suc mêlé à du vin. Ce néphentes antique ne pouvait être que le pavot à l'opium ou la jusquiame datura.

côté opposé, c'est-à-dire dans la direction du sud au sud-est, je vis avec joie un immense bassin, et sur sa surface quelques îles plus ou moins considérables. Cette découverte m'encouragea, et comme le temps commençait à s'améliorer, je voulus compléter ma reconnaissance.

» Le sentier était bien frayé ; nous commencions à redescendre. Comme la pente en est encore plus rapide que sur le revers opposé, les naturels ont placé de grosses branches d'arbre en travers, en guise d'échelons, pour appuyer les pieds. Ces diverses précautions m'annonçaient une communication assez régulière entre les deux baies. En outre, nous distinguions parfaitement dans la boue l'empreinte récente des orteils naturels. En moins d'une demi-heure, nous parvînmes au bord d'une petite rivière près de laquelle était un hangar semblable à celui de l'autre côté de la montagne. Tout à l'entour le sol était couvert de tas de coquillages de diverses espèces, surtout d'arches apportées par les sauvages.

» Le chemin s'effaçait à cette case ; au-delà, le sol était couvert de mangliers aux racines entrelacées, baignées par les eaux de la mer à marée haute. D'abord je tentai de cheminer dans le lit de la rivière, mais j'en eus bientôt jusqu'au cou, et force me fut de renoncer à ce moyen. Je voulus ensuite cheminer sur les racines du manglier, mais deux ou trois chutes assez désagréables me dégoûtèrent encore de cette entreprise. Après une heure consacrée à ces essais aussi pénibles qu'infructueux, je pris le parti de retourner à la case avec Rolland et d'y attendre Williams, qui avait poussé jusqu'à la mer. Sa longue existence avec les peuples sauvages l'avait, pour ainsi dire, formé à tous les exercices, et il pouvait marcher sans peine sur ces lacis scabreux, où je ne pouvais me soutenir qu'en chancelant. Et rôdant aux environs de la case, je trouvai des fragments de pagaie, je recueillis quelques plantes nouvelles, et le soleil ayant apparu, quelques papillons aux riches couleurs voltigèrent çà et là, et me firent regretter d'avoir laissé mon échiquier dans le canot. Williams, à son retour m'apprit qu'après avoir cheminé l'espace d'environ un demi-mille sur les racines, il s'était trouvé sur le bord d'une petite anse entourée de marécages, ayant son entrée au sud, et contenant deux petites îles. Du reste, le rivage ne lui avait paru nulle part praticable, ce qui me fit penser que les naturels se rendaient en pirogues à haute mer, jusqu'au pied de la petite case de l'isthme. Comme il était déjà deux heures et demie, et qu'il était impossible de rien tenter sans le secours des sauvages, je repris le chemin du canot. Sur

8

la route, Rolland ramassa un jeune phalanger abandonné par sa mère.

» Nous fûmes de retour au canot à midi et demi ; je me dirigeai alors sur l'anse reconnue la veille par nos officiers, au sud de l'île des Tombeaux. Un massif de douze ou quinze cocotiers entourant une petite case sur pilotis, nous promettait le suc rafraîchissant de ses fruits et le moyen de nous promener un peu sous leur ombre, car partout où se trouvent ces arbres, le sol est ordinairement praticable. La mer était basse, il restait à peine deux pieds d'eau sur la vase, de sorte que nous eûmes toutes les peines du monde à amener le canot jusqu'à la case. J'eus bientôt reconnu que ce n'était guère qu'une grande cage en bambous, recouverte de feuilles de lataniers, et soutenue sur quatre piliers, à un mètre cinquante au-dessus du niveau de l'eau, comme toutes les habitations des Papous. Dans l'intérieur on ne trouvait que cinq foyers carrés, à chaque angle une petite plateforme, une corbeille et quelques tripangs (1) desséchés.

» Nous n'eûmes ensuite rien de plus pressé que d'aller voir si les couteaux laissés la veille par M. Bérard, en place des cocos qu'il avait fait cueillir, avaient été enlevés par les sauvages. Avant d'accoster à terre, j'avais vu à travers les mangliers un jeune sauvage qui semblait vouloir se cacher pour épier nos mouvements. J'avais fait semblant de ne pas l'apercevoir, et j'avais défendu aux marins d'aller de ce côté. A quelques pas de la maison, sur la place que je suivais pour aller à la chasse des papillons, je vis étendus sur le sable douze à quinze cocos tout frais, attachés deux à deux, et avec deux des couteaux laissés la veille, fichés dessus. Cette galanterie de la part de notre jeune invisible me parut tout à fait de bon goût ; elle annonçait des dispositions amicales. Nous en profitâmes ; nous ouvrîmes ces cocos, et nous en bûmes avec délice le suc, mes compagnons et moi, car il faisait

(1) Le tripang, ou biche de mer, *richos do mar*, est une espèce d'holothuries, animaux de la classe des échinodermes, groupe des rayonnés, section des invertébrés. Les holothuries ont un corps cylindrique, épais, mollasse, recouvert d'une peau dure, mobile, hérissée de tubercules et de tubes mobiles qui servent à l'animal d'organes du mouvement et d'absorption. Le corps est ouvert aux deux bouts : à l'extrémité antérieure est la bouche, environnée de tentacules mobiles très compliquées. De l'autre côté est l'issue du canal alimentaire et l'organe de la respiration.

Le tripang préparé est un aliment très recherché à la Chine, dans la Malaisie et les îles voisines.

une chaleur excessive, et nous n'avions pas même d'eau claire pour étancher notre soif. Satisfait sans doute de voir son hospitalité accueillie, le jeune Papou s'avança alors vers nous, seul, sans armes, d'un air confiant, il vint nous donner la main en disant *bangous* (bon), et nous indiquant par signes que c'était lui qui avait placé là les cocos à notre intention.

» Comme c'était le premier qui se hasardait à nous approcher, je lui fis beaucoup d'amitié et je lui offris des pendants d'oreille et un beau collier. Cette libéralité, sans doute fort inattendue pour lui, parut avoir tout à fait gagné son cœur, et il nous fit entendre que tous les cocos étaient à notre service. Je permis alors aux matelots d'en aller cueillir, en leur recommandant de ne pas les gaspiller, et de bien traiter les insulaires, s'il en venait d'autres. J'errai une heure ou deux dans la forêt qui, de ce côté, est assez praticable, et je fis une bonne récolte de beaux lépidoptères (1). Surtout je me procurai plusieurs individus du superbe papillon *Urania Orontes*, qui se pose sous les feuilles du manglier, à la manière de nos phalènes (2) lichenées, et voltige par sauts et par bonds. Cette magnifique espèce abonde en ces lieux marécageux.

» Je rejoignis enfin le canot pour prendre mon dîner ; et ce fut avec joie que j'y trouvai dix à douze Papous jouant et mangeant avec nos canotiers, comme s'ils étaient d'anciennes connaissances. Ils m'ont bientôt environné en me répétant, *Capitan, bangous, sobat, etc*, et en me faisant toutes sortes d'amitiés. Ces hommes sont, en général, d'une petite stature, d'une complexion grêle et débile, sujets à la lèpre ; leurs traits ne sont pourtant point disgracieux, leur organe est doux, leur maintien grave et poli, et même empreint d'une certaine mélancolie habituelle bien caractérisée.

» A quatre heures, nous quittâmes cette station pour regagner le bord. En passant devant l'île des Tombeaux, je longeai la plage de très près, mais sans faire mine de l'aborder. Cette fois, l'un des naturels s'avançant dans l'eau avec un gros pigeon dans les mains, me fit signe d'avancer ; nous fûmes bientôt au milieu d'eux, et nous examinâmes avec curiosité leur campement. Sur un grand foyer, rôtissait un énorme morceau de chair de Tortue ; un petit abri en branches de palmier, avait été construit pour ceux qui

(1) Papillons.
(2) Papillons de nuit.

semblaient les chefs de la bande, et ceux-ci étaient nonchalamment étendus sur des nattes, la tête appuyée sur un petit coussin en bois sculpté. Après avoir échangé quelques mots, je leur fis entendre que s'ils voulaient porter à bord des vivres, ils recevraient en échange des objets de fabrique européenne ; ils promirent d'y aller le jour suivant. Il était cinq heures quand je pris congé d'eux, et je fus de retour au coucher du soleil, très satisfait de ma course. »

Au-delà du détroit de Torres, se trouve l'Australie ou Nouvelle-Hollande, la plus grande île du globe, et la terre la plus importante de l'Endaménie. La Nouvelle-Hollande paraît être un monde à part, qui aurait ses animaux et ses végétaux particuliers. L'Australie, quoiqu'elle possède plusieurs florissantes colonies européennes, est à peine connue ; toutes les tentatives pour la traverser ont été infructueuses, ses côtes même n'ont pas été visitées sur tout leur développement. Les xanthoréa, les casuarina au feuillage linéaire et sans ombre, les eucalyptus composent presque seuls les forêts des rivages, qu'habitent au milieu des kangarous, une race d'hommes noirs aux membres grêles et faibles. Une chaîne de montagnes limite l'intérieur de l'Australie, et a été longtemps une barrière infranchissable, cependant ces montagnes sont peu élevées ; mais elles forment des terrasses à pic, et des murailles sans aucun passage. Le littoral est sujet tantôt à des pluies abondantes, tantôt à des sécheresses excessives, qui brûlent le sol et le réduisent en poussière aride. En 1813, un semblable fléau porta trois colons anglais à tenter de reconnaître le pays au-delà des montagnes bleues, et d'examiner s'il ne serait pas plus favorable que la côte pour y établir une colonie. A force de persévérance, ils se trouvèrent à l'extrémité de la chaîne, et au-dessous d'eux se développait une magnifique vallée arrosée par plusieurs sources. Bientôt, suivant leur trace, l'ingénieur Evau arriva dans une plaine où coulent les rivières Macquarie, et Lachlan. L'année suivante, une route percée à travers les montagnes lia l'intérieur aux côtes. En 1817, Oxley et Cunninghan entreprirent une excursion plus centrale, ils se trouvèrent arrêtés par des marais d'une telle étendue qu'ils ne purent songer à les traverser. Diverses expéditions semblables ont fait découvrir un assez grand nombre de rivières ; mais vers la partie centrale de l'île, il semble qu'il existe une sorte de Caspienne immense, entourée de marécages et de fondrières. Quelques contrées ont paru fertiles, quoique exposées comme les côtes à des pluies semblables à des déluges, suivies de sécheresses extrêmes, qui changent le terrain en désert, sans ombre et sans eau. La Nouvelle-Galles du sud est surtout le théâtre de ces changements. Tantôt un soleil brûlant, un ciel sans nuages, anéantissent la verdure ; la chute de la foudre ou l'incurie des sauvages embrasent les végétaux desséchés. Un vaste incendie, étendant sa nappe de flamme sur un espace de plusieurs kilomètres, échauffe encore l'atmosphère, et la surcharge de nuages suffocants de fumée. Puis, dans cet air raréfié, vient se précipiter avec violence un air froid et humide, les nuages se condensent et tombent en bruyantes cataractes, la flamme électrique sillonne l'air et le fait retentir des roulements multipliés de ses détonations. D'énormes grêlons se mêlent à la pluie, les rivières s'enflent et débordent, les plaines deviennent des lacs immenses que dépassent à peine le sommet des arbres ; sur ces mers improvisées, on voit nager avec grâce d'innombrables troupes de cygnes d'un noir de jais. Dès que les eaux se sont retirées, la végétation reparaît avec force d'une jeunesse nouvelle ; et là, où était la poudre aride du désert, se déploie un riche tapis d'herbes verdoyantes.

Les Anglais formèrent en 1788 les premiers établissements dans l'Australie ; ils y déportèrent d'abord leurs criminels (colonie de Botany-Bay, ainsi nommée à cause de sa puissante végétation). En 1840, on cessa d'y envoyer les *convicts* ; en même temps la colonie reçut une administration représentative. En 1851, de riches mines d'or y furent découvertes, ce qui accrut subitement la population.

La partie colonisée est aujourd'hui divisée en 4 provinces : Nouvelle-Galles du sud, ch.-l. Sydney ; Victoria ou Australie heureuse, ch.-l. Melbourne ; Australie du sud, ch.-l. Adélaïde ; Australie occidentale, ch.-l. Perth.

Les indigènes appartiennent à la race mélanienne ; ils se distinguent par leur laideur, et vivent dans un abrutissement presque complet. La teinte de leur peau est jaunâtre plutôt que noire ; ils ont les cheveux floconneux, les bras longs, les jambes grêles, le nez large et épaté, la bouche d'une grandeur démesurée. Ils n'ont pour ainsi dire aucune notion de la Divinité, bien que soumis à des croyances superstitieuses ; ils n'obéissent à aucune loi, et vivent dans l'état le plus misérable. Les efforts des missionnaires et des colons pour les civiliser n'ont jusqu'à présent donné aucun résultat.

En passant de la Polynésie dans la Papouasie, par la chaîne insulaire qui unit cette partie de l'Océanie à la grande terre de l'Australie, j'ai laissé en arrière deux îles intéressantes par leur position qui les rend antipodes de la France ; ces îles sont : Icana Mawi, et Tawaï-Pounamou, que sépare le détroit de Cook ; leur ensemble, joint à plusieurs îlots, constitue la Nouvelle-Zélande. Dans ces longues îles, on retrouve encore des traces de l'action volcanique. Une chaîne de montagnes divise en deux parties l'île de Tawaï-Pounamou, les sources y sont abondantes et se précipitent en cascades d'un volume imposant. La plus belle de ces cataractes se voit à l'entrée de la baie Duski, sur la côte méridionale ; la nappe d'eau a trente mètres de largeur, elle tombe de trois mètres de haut ; au quart de sa chute, un rocher qui s'avance brise ses eaux, et leur donne une étendue plus grande ; le liquide bouillonne, jaillit, sillonne le roc de mille filets argentés, se réunit dans un vaste bassin, s'en échappe en torrent pour se mêler aux flots amers de l'Océan. Une vapeur humide et dense couvre le bassin, elle est si pénétrante, qu'en peu d'instants elle imbibe les vêtements. Des mousses, des fougères, de beaux phormium revêtent le rocher, et des arbres au feuillage épais jettent leur ombre sur ce frais paysage.

L'anse de l'Astrolabe, dont le nom rappelle le voyage de M. d'Urville, en 1827, est un hâvre sûr et tranquille ; sa côte est formée de collines entrecoupées de ravins profonds, dans lesquelles coulent de petits torrents ; des cycas et des fougères en arbres, liées entre elles par des végétaux sarmenteux, couvrent les pentes de ces ravins, et les transforment en bois touffus et ombreux ; souvent un roc taillé en talus interrompt le cours du ruisseau qui se précipite en grondant, et un tronc de cycas renversé par le temps, forme le seul pont sur lequel on puisse franchir le gouffre.

Près de la baie Miti-Anga, que le capitaine Cook nomma Baie-Mercure, est une arche naturelle percée dans un rocher, que le narrateur du voyage de Cook décrit ainsi : « Après déjeuner, j'allais avec la pinasse et la yole, accompagné de MM. Banks et Solander, au côté septentrional de la baie, afin d'examiner le pays et deux villages fortifiés que nous avions reconnus de loin. Nous débarquâmes près du plus petit, dont la situation était la plus pittoresque qu'on puisse imaginer ; il était construit sur un rocher séparé de la grande terre, et environné d'eau à la haute marée. Ce rocher était percé dans toute sa profondeur par un arche qui en occupait la plus grande partie. Le sommet de la voûte avait plus de vingt mètres d'élévation perpendiculaire au-dessus de la surface de la mer, qui coulait à travers le fond, à la marée haute. Lorsque les eaux se retirent, deux des côtés sont joints à la terre par une avenue très escarpée, etc. »

Dans le centre d'Ika-na-Mawi est le lac Roto-Doua, ayant cinquante mètres de profondeur et soixante milles anglais de circuit ; la petite île de Mokoia s'élève au milieu ; plusieurs rivières, et une source d'eau chaude, se perdent dans ce bassin. Le volcan Pouhia-i-Wakadi, dont l'activité ne s'est pas ralentie, depuis la découverte de ces îles, élève son cône au milieu de la baie de l'Abondance.

La Nouvelle-Zélande, la dernière terre importante de l'Océanie, du côté du pôle austral, est tempérée et fertile ; ses forêts dont l'abondance des eaux entretient la végétation, contiennent de magnifiques bois de construction. Les palmiers, et l'arbre à pain ne se montrent plus à cette latitude éloignée, mais d'autres végétaux les compensent : le phormium tenax, un des plus précieux pour son utilité (1), joue depuis quelques années un rôle important dans nos arts et dans notre industrie.

Arrêtons-nous un instant sur ce tableau de beautés de notre globe, et réfléchissons sur la convenance de leur distribution. La position du globe dans l'espace engendre les climats, afin que les productions de la terre soient plus nombreuses et plus variées, afin que l'homme trouve d'abondantes ressources pour subvenir à ses besoins.

Le pôle se surcharge de glaces ; plusieurs parties des régions équatoriales s'étendent en mers sablonneuses et ardentes ; qui ne penserait d'abord que ce ne soit là un arrangement fautif, une inutile perte d'une vaste surface de terre habitable, cependant il n'en est rien ; le désert brûlant et le pôle glacé sont les plus puissantes des causes de l'agitation de l'air, des courants qui s'établissent dans l'Océan atmosphérique, qui portent dans les zônes tempérées, tantôt les pluies chaudes et fécondantes, tantôt les neiges non moins utiles pour fertiliser. C'est dans les régions polaires que le vent du nord prend la fraîcheur qui modère des chaleurs de l'été ; dans les déserts de l'Afrique, le vent du sud se sature du

_____

(1) Le Phormium tenax, plante vivace, poussant des touffes larges, comprimées et formant éventail. Quand on entaille ses feuilles, il en sort un suc inodoré, insipide, transparent, couleur paille, presque semblable à la gomme arabique. On retire de ses feuilles, quand elles sont parfaitement sèches, un fil très délié avec lequel on est arrivé à faire de riches tissus.

calorique qui adoucit nos hivers et triomphe de l'âpreté des frimats. Que la terre se trouve tout à coup privée de ses deux foyers de température extrême, que la direction de son axe change et devienne perpendiculaire à l'écliptique (1), les jours et les nuits deviendront d'une durée égale pendant toute l'année, les saisons disparaîtront pour faire place à un printemps perpétuel; mais aussi une partie des races végétales et animales disparaîtront; l'air ne sera plus agité par la tempête, il deviendra le foyer pestilentiel d'une foule de maladies, la population humaine décroîtra. Tout est donc *pour le mieux* sur notre globe.

(1) L'écliptique est la ligne de l'orbite que décrit la terre autour du soleil; son nom vient de ce que les occultations de la lune et du soleil, ou éclipses, arrivent dans le plan de cet orbite.

TROISIÈME PARTIE

I. — Des climats.

Après avoir décrit l'habitation dans sa forme et sa constitution matérielle, je dois vous parler des êtres qui la peuplent. Vous savez que les naturalistes les ont considérés comme formant deux grandes divisions du règne organique (1) ou vivant, savoir : la division des végétaux et celle des animaux. Mais les plantes, comme les races animales, ne sont pas disséminées indifféremment et au hasard sur le globe, il y a des régions affectées spécialement à de certains genres et à certaines espèces ; ces régions constituent des climats.

Sous le nom de climat physique, on comprend la chaleur, le froid, la sécheresse, l'humidité et la salubrité dont jouit un point quelconque du globe. Le climat physique reconnaît huit sortes de causes : 1° L'action du soleil sur l'atmosphère ; 2° l'élévation du sol au-dessus du niveau de l'Océan ; 3° la pente du terrain et son exposition locale ; 4° la position de ses montagnes relativement aux points cardinaux ; 5° le voisinage des grandes mers et leur situation relative ; 6° la nature du sol ; 7° le degré de culture ; 8° la direction ordinaire des vents. Toutes ces causes, je ne les exposerai pas *ex professo*, elles rentrent dans le domaine de la géo-

(1) Tous les êtres matériels animés et inanimés sont répartis en deux règnes : l'organique, ou des êtres dont la vie est entretenue par des organes, t l'inorganique, ou des êtres inertes, des minéraux.

graphie physique ; comme elles varient prodigieusement pour chaque localité, elles multiplient considérablement le nombre des climats. Ainsi l'élévation d'un plateau sous l'équateur produira un climat presque tempéré, là où il y aurait une température brûlante si le sol était bas. Par exemple, sur le plateau des Cordillières, on jouit d'un printemps presque continuel. Dans une autre zone, une semblable élévation engendrera des neiges et des glaces perpétuelles ; pour preuve, je citerai nos Pyrénées, aussi élevées que le plateau de Quito, et couvertes de neiges sous le ciel de nos départements méridionaux. Le voisinage de la mer adoucit la température ; ainsi les côtes de la Norwége jouissent d'un climat moins rigoureux que celui de Paris. A Brest, le myrte, le laurier rose et le grenadier vivent en pleine terre.

Malgré ces variations des climats physiques locaux, on peut diviser le globe en cinq zones ou grands climats généraux, séparés par les tropiques et les cercles polaires. L'équateur coupe en deux parties égales la zone torride ou brûlante, renfermée entre les deux tropiques du Cancer et du Capricorne. Du tropique du Cancer au cercle polaire boréal, s'étend la zone tempérée septentrionale, tandis que, dans l'hémisphère opposé, la zone tempérée méridionale se développe entre le tropique du Capricorne et le cercle polaire austral. Les zones glaciales couronnent les extrémités polaires arctiques et antarctiques de l'axe de la terre.

Les climats ont exercé l'influence la plus profonde sur l'organisme des êtres qui les habitent. Ainsi, dans le climat chaud et sec du désert africain et des terres qui l'avoisinent, le manque d'eau, le sel qui imprègne le sol et les sources si peu nombreuses, la chaleur brûlante, produisent des végétaux durs, petits, à feuilles épaisses, presque sans racines, car la terre n'a pas de nourriture à leur donner, il faut qu'ils tirent de l'air leurs matériaux nutritifs ; leur racine n'est qu'une simple griffe qui les attache et les empêche d'être le jouet des vents. Les hommes et les animaux, exposés à l'action permanente de ce climat, restent petits, grêles, presque sans liquides dans leurs tissus ; mais ils sont tout muscles et tout tendons ; la fibre est sèche et résistante, le système bilieux est plus développé que les autres appareils organiques ; le caractère moral est irascible, les passions sanguinaires et féroces. Le climat chaud, mais humide, est favorable à la végétation, il produit d'admirables et gigantesques végétaux, et les animaux s'y développent parfaitement ; les reptiles surtout, qui s'y retrouvent presque dans les conditions favorables du premier âge du globe ;

mais l'air épais, quelquefois pestilentiel, influe défavorablement sur les facultés intellectuelles de l'homme.

Le climat froid et sec rend la végétation solide et vivace, mais peu abondante ; il la dépouille des formes gracieuses, des teintes brillantes, des odeurs suaves et parfumées du climat chaud et humide. Répandant la force sur tous les organismes, ce climat engendre également des animaux et des hommes vigoureux ; il est favorable au développement de l'intelligence, ainsi que le climat tempéré.

L'action du climat froid et humide sur l'homme donne de l'amplitude à leurs tissus, rend leur stature élevée, leurs formes massives, mais amollit la fibre, émousse l'intelligence, ou donne à l'imagination une teinte mélancolique et sombre. Comme il n'y a pas de climats absolus sous une même zone, et que les nuances sont très multipliées, ces nuances corrigent en partie l'action du climat sur l'organisme.

II. — Végétaux et animaux de la zone torride. — *Notices :* MICHEL ADANSON, E GEOFFROI Sᵗ HILAIRE.

Sous le ciel brûlant de l'équateur, les torrents de lumière versés avec tant de profusion par le soleil, donnent à la végétation une majestueuse beauté, une grâce et un luxe de formes dont les autres climats ont été déshérités. La lumière et la chaleur pénètrent par tous les pores du végétal, en inondent la sève. se transforment dans ses vaisseaux en beaumes suaves, en parfums délicieux, en gommes rares et précieuses.

Ces fortunées et fertiles terres intertropicales, sont la patrie des palmiers, sveltes colonnes qui supportent un élégant et mobile chapiteau, dont les courbes ont une indicible harmonie. Là, les modestes gramens des contrées tempérées se transforment en altiers géants; le bambou porte sa tête ornée d'épis plus hauts que nos frênes et nos hêtres ; de sa racine s'élancent mille jets qui s'écartent en une vaste et majestueuse gerbe. La vanille, la canelle, la muscade, le poivre, le camphre, toutes les précieuses épices, doivent la vie au soleil des tropiques ; c'est lui qui est encore le père de la canne à sucre, de la fève embaumée de moka, du theobrôme cacaoyer, de l'immense boabab, du shéa, de l'élaïs, du pandanus aux fleurs odorantes, de l'arbre à pain, du bananier, nourriture saine et abondante d'une partie du genre humain, et de mille autres espèces dont la nomenclature serait fastidieuse.

Que de beautés, quelle profusion de formes, d'espèces ; quelles richesses de fleurs et de fruits, quel chaos d'êtres végétaux dans les admirables forêts vierges des contrées équatoriales !

Ici des groupes de troncs énormes, sortant d'une commune racine, s'élèvent à des hauteurs prodigieuses ; leurs branches chargées de feuilles, tantôt d'une incroyable largeur, tantôt étroites mais découpées en lobes élégants, projettent une éternelle obscurité. Là des arbres gigantesques recouvrent d'une voûte ombreuse une forêt de végétaux arborescents qui croissent sous cet arbre tutélaire. D'un côté on pénètre sous de vastes portiques qui soutiennent mille arceaux de verdure ; d'un autre, un lacis inextricable de troncs pleins de vigueur et de débris vermoulus, de lianes, de buissons, de hautes herbes arrêtent les pas, le feu seul pourrait y frayer un chemin... Ces lianes sont elles-mêmes de charmants végétaux : l'épidendrum, la vanille, le cybidium, les passiflores aux fleurs si compliquées, les bignonia aux longues corolles tubiformes, le bonisteria à la teinte d'or vif, le dendrobium, le bohinia, des aristoloches dont les fleurs ont un mètre trente de circonférence. De riches cactus, des rafflesia énormes, des géranium variés ornent la limite de ces forêts, ou végètent sur les vieux troncs abattus par les siècles.

Dans ces retraites inaccessibles règnent de nombreuses tribus de singes, les uns plus grands et plus puissants que l'homme par leur force physique, les autres faibles, sveltes et pleins de grâces dans leurs mouvements. Aux régions équatoriales appartiennent les grands chats (le lion, les panthères, les tigres), le rhinocéros, l'éléphant, l'hippopotame, la girafe, le zèbre, le quagga, le buffle, le dromadaire, le lama, le tapir, les tatous, les pangolins, la plupart des marsupiaux. Les marais, les savanes humides abondent en serpents et en insectes ; là rampent les énormes boas, les pythons, les crocodiles, les caïmans, ; sur les fleurs voltigent de magnifiques papillons ; dans les airs se pressent de brillants oiseaux, des colibris, des passereaux, des loris, des aras aux vives couleurs. L'autruche et le casoar, le touyou d'Amérique parcourent les sables. Dans les eaux s'ébattent des troupes de dorades étincelantes d'or, des coryphènes, des chétodons, des poissons volants, des mollusques aux coquilles peintes de vives nuances, petits palais richement ornés de nacre et de précieuses perles fines.

Décrivons les plus remarquables de ces êtres.

Les palmiers forment une des familles principales de la classe des monocotylédonés. Ils tiennent un rang distingué dans la création végétale, par l'élégance de leurs formes, la variété de structure de leurs organes, et les services sans nombre qu'ils rendent à l'homme. Les uns sont de majestueux arbres dont la hauteur surpasse trente mètres, d'autres plus humbles, mais non moins gracieux, ont leurs feuilles assises sur le plateau qui surmonte la racine ; d'autres encore par leur tige souple et grêle, ressemblent à de gigantesques graminées. Souvent ces beaux arbres croissent au milieu des forêts vierges, dans les endroits les plus fourrés. Partout ils sont les plus magnifiques ornements de la végétation intertropicale.

Les espèces nombreuses de la famille des palmiers ont leurs habitations fixes ; jamais on ne les voit végéter spontanément dans d'autres contrées. Dans notre hémisphère, ces plantes ne dépassent jamais le trente-cinquième degré, tandis qu'elles s'avancent jusqu'au quarantième dans l'hémisphère austral. Pour un grand nombre de peuples, le palmier est un objet de première nécessité ; le dattier nourrit de ses fruits les nations du bassin méridional et occidental de la mer Méditerranée ; le cocotier, le chou palmiste sont des aliments aussi abondants que nécessaires pour les hommes de l'Inde, de l'Amérique et de l'Océan pacifique. Le sagou se tire de la moelle du *Sagus* et du *Phénix* farineux. Le rotang produit une sorte de gomme résine connue sous le nom de sang-dragon ; l'élaïs de Guinée donne une huile délicieuse. Outre ces produits précieux, les palmiers livrent encore à l'industrie les fibres de leurs feuilles et de leur écorce, d'où l'on tire un fil assez résistant, et leur sève abondante, sucrée, qui forme un vin rafraîchissant, et un alcool liquoreux lorsqu'on la distille.

Le borassus, haut de trente mètres, se termine par un bouquet de feuilles plissées en éventail. Sa tige forme la charpente d'un grand nombre de maisons indiennes et malayes ; ses feuilles en couvrent le toit, et en outre on s'en sert comme de papier pour écrire en y traçant les lettres avec un stylet. Le cocotier jouit d'une célébrité universelle, bien justement méritée.

Il y a plusieurs espèces de cocotiers, tous de formes élégantes.

Les fruits de ces palmiers sont de volumineuses noix, remplies d'une amande blanche, savoureuse pesant souvent plusieurs livres. Avant la maturité de l'amande, la coque contient une sorte de lait rafraîchissant. Le cocotier ordinaire, originaire des Indes, est actuellement naturalisé dans toutes les contrées équatoriales. Il joint l'élégance à la majesté ; son tronc cylindrique, d'environ cinquante centimètres de diamètre, s'élève droit comme une colonne, il est couronné par douze palmes, ou feuilles, longues de cinq mètres, courbées en arc ; au centre est un énorme bourgeon, tendre et succulent, qui porte le nom de chou palmiste, c'est le bouton des feuilles qui succèderont à celles dont la tige est décorée. Entre la base des feuilles et le bourgeon, se développent les fleurs et les fruits. Chaque noix est entourée d'une bourre que l'on peut transformer en cordes et en toiles grossières. Si l'on coupe l'extrémité des spathes ou boutons à fleurs du cocotier, avant leur épanouissement, on recueille un liquide très abondant, qui fermente en quelques heures et se transforme en souva ou vin de palmier. Ce vin, réduit sur le feu avec un peu de craie, devient un sucre fort bon, mais qui cristallise confusément.

Les amandes de cocos bien mûres, soumises à une forte pression, donnent une huile douce, très recherchée dans l'Inde.

L'élaïs croît en Afrique, dans la Guinée. C'est un beau palmier dont le tronc est hérissé des bases épineuses des pétioles (1) desséchés. Une couronne de feuilles, longue de cinq mètres cinquante, le surmonte. Son fruit donne une huile très adoucissante et savoureuse.

Il y a trois espèces de palmiers sagoutiers ; le raphia, le sagus pédunculé, et le sagus de Rumphins. Ils sont originaires de l'Afrique et de l'Asie, le raphia, transplanté dans l'Amérique tropicale, s'y est parfaitement acclimaté.

Les sagaies ou javelots des nègres sont des pétioles de feuilles de raphia, armés d'une arête pénétrante, ou d'une pointe de fer. Ces pétioles leur servent encore à construire les palissades qui entourent les cases, et les feuilles à couvrir ces rustiques demeures. Le bourgeon de ce palmier est plus agréable à manger que celui du cocotier. Quant à la substance connue dans le commerce sous le nom de Sagou, elle s'extrait du corps de l'arbre de la manière suivante : on fend le tronc du palmier dans toute sa longueur ; on écrase la partie intérieure qui est pleine d'une moelle pulpeuse, et

---

(1) Pétiole est le nom botanique du support ou queue des feuilles.

on dépose la moelle, à mesure qu'elle se détache, dans des cônes
d'écorce dont l'interstice des fibres est écartée de manière à former un tamis. On délaie ensuite la moelle dans l'eau, la fécule
s'échappe, se dépose au fond du vase, et lorsqu'elle est accumulée
en quantité suffisante, on fait égouter l'eau, puis on presse la
fécule dans un linge et on l'expose au soleil pour la faire sécher.
La fécule du sagou prend par la dessiccation la forme de petits
grains. Cuite dans un liquide quelconque, cette fécule se dissout
en une gelée, qui est un aliment aussi sain que léger. Le meilleur
sagou provient des îles Moluques.

Le baobab est une des merveilles de la végétation équatoriale.
Il appartient à la famille des bombacées du botaniste Kuntz. L'in-
fatigable naturaliste Adanson (1), est le premier qui ait fait connaître le baobab. Cet arbre vit en Afrique, il affectionne les terrains sablonneux et arides ; rarement son tronc atteint plus de
cinq mètres de hauteur, mais il acquiert l'énorme volume de vingt
à trente mètres de circonférence ; il se divise en branches d'une
prodigieuse grosseur, longues de vingt à vingt-cinq mètres, dont
l'ensemble figure un bouquet d'arbres de haute futaie placés sur
un vaste piédestal. Les plus extérieures de ces branches s'inclinent
souvent jusqu'à terre, en sorte que la masse du baobab semble
être une grotte de verdure. Les racines s'enfoncent perpendiculairement dans le sol, et ne sont pas moins prodigieuses dans
leur développement que la partie aérienne de cette monstrueuse
plante. Les feuilles sont divisées en folioles ovales ; les fleurs, sup-
portées par des pédoncules longs de trente-cinq centimètres, ont

(1) Adanson (Michel), né en 1727 à Aix en Provence, d'une famille d'origine
écossaise, mort en 1806, entreprit dès l'âge de 21 ans de visiter le Sénégal,
pays qui n'avait pas encore été exploré, resta cinq ans sous ce climat brûlant et malsain, et en rapporta des richesses immenses en observation de
toute espèce. Il se proposait de publier une description complète de ce
pays ; mais il n'a pu exécuter qu'une partie de ce grand travail ; elle a paru
en 1757 sous ce titre : *Histoire naturelle du Sénégal (Coquillages)* avec la relation abrégée d'un voyage fait en ce pays (1749-1753).
Adanson entra en 1759 à l'Académie des sciences, et fut dans la même
année nommé censeur royal. Il publia en 1763 ses *Familles des plantes*, ouvrage où il proposait une nouvelle classification et une nouvelle nomenclature, mais qui n'eut pas tout le succès qu'il méritait. En 1775 il soumit à
l'Académie le plan d'une vaste encyclopédie, dans laquelle tous les êtres et
tous les faits devaient être classés d'après des principes nouveaux : il voulait exécuter à lui seul cet immense travail, et déjà il en avait fait une bonne
partie ; mais son projet n'ayant pas reçu de grands encouragements, il n'a-
cheva pas l'ouvrage. Ruiné par la Révolution, Adanson obtint à la fin de

une dimension assez considérable, elles produisent un fruit acide dont les nègres font une sorte de limonade agréable. Ces mêmes fruits, lorsqu'ils commencent à se gâter, servent de savon en Afrique. Adanson, d'après des observations sur la croissance de cet arbre, avait affirmé que sa durée devait être de plusieurs milliers d'années, sa conjecture a été vérifiée par les Anglais qui ont compté six mille cercles ligneux sur le tronc de plusieurs de ces géants végétaux. Comme il se forme une couche ligneuse chaque année, on voit que six mille ans ont été nécessaires aux baobabs pour atteindre à leur complet développement.

Le bambou est un végétal aussi singulier qu'élégant, ses caractères organiques forcent de le classer parmi les herbes tendres que notre pied foule sur le vert tapis de nos prairies; cependant il égale nos arbres en hauteur. Les gros troncs fournissent une charpente très solide qui résiste parfaitement aux convulsions des tremblements de terre; sciés entre les nœuds, ils donnent des barils d'une seule pièce. Les jets nouveaux font des cannes, des hampes de javelots, d'autres plus anciens servent à faire des bois de lance, des palissades, des treillis, des meubles. Avec l'écorce, plusieurs peuples tressent des corbeilles charmantes. Le port du bambou est admirable; une multitude de jets dont plusieurs ont un mètre de diamètre, se groupent en sortant d'une racine commune, de manière à représenter à quelque distance un énorme tronc; à six mètres de hauteur, les jets extérieurs courbent gracieusement leurs feuilles; on dirait le bord élégant d'un beau vase du centre duquel jaillit une magnifique gerbe produite par les feuilles du jet du centre.

La silice qui est très abondante dans le bambou donne à son bois une grande solidité; cette matière se concrétionne quelquefois entre les nœuds; c'est la pierre *tabaxir*, célèbre en Asie par les propriétés merveilleuses qu'on lui attribue.

Les bambous ne fleurissent que dans leur jeunesse; on ne voit jamais les individus vigoureux se couvrir d'épis. Les feuilles sont du plus beau vert et très mobiles, ce qui les fait ressembler à un immense panache flottant, lorsque les vents les agitent. Il y a un assez grand nombre d'espèces de bambous. Le nastus, ou ca-

sa vie une pension du Directoire. — Ce savant combattit les idées de Linnée; il voulait que l'on fondât les classifications, non sur un seul caractère ou sur un petit nombre, mais sur l'ensemble des parties et de leurs rapports, méthode qui depuis a prévalu.

Cuvier a prononcé son *éloge* à l'Institut en 1807.

lumet des hauts, croît à Madagascar, sur les montagnes, à douze cents mètres au-dessus du niveau de l'Océan.

Les guadua habitent les régions chaudes et tempérées de l'Amérique méridionale, et principalement les Andes de la Nouvelle-Grenade et de Quito, à une hauteur qui ne dépasse pas quatre cents mètres au-dessus du niveau de l'Océan.

Le beesha végète dans l'Inde et sur la côte de Coromandel ; il fournit aux Indiens des instruments pour écrire, et des pinceaux aux Chinois.

Le chusque grimpe comme une liane autour du tronc des arbres.

Le sammat est le plus grand du genre, il a quelquefois jusqu'à soixante-dix mètres de hauteur, et soixante centimètres de diamètre à la base ; creux comme tous les graminées, on en fait des vases et quelquefois des barques d'une seule pièce.

Le bambou Illy s'élève à vingt mètres, il est plus volumineux de tige que le sammat.

Le télin pousse dans les régions chaudes et humides de l'Asie ; on l'emploie en meubles et constructions légères ; ses jeunes pousses se mangent comme celles de l'asperge.

L'ampel fournit des leviers, des échelles, des arrosoirs. Avec le Tcho, les Chinois font un papier sur lequel les peintres aiment à exercer leur talent.

Le téba épineux donne de solides palissades que le fer ne peut entamer.

Les bananiers, nommés plantins par un grand nombre de voyageurs, appartiennent à la famille des musacées. La chaleur constante qu'exige la végétation de ces belles et non moins utiles plantes, les confine dans la zone chaude ou dans ses limites les plus voisines ; ainsi on en voit à Séville, en Andalousie, à Malaga et dans l'île de Madère. Aucun végétal n'est aussi productif que le bananier. Humbolt évalue qu'un terrain de cent mètres carrés, dans lequel on aurait planté quarante touffes de bananiers, rapporterait dans un an quatre mille livres d'aliments en pesanteur ; un même terrain semé de froment ne donnerait guère que de quinze à vingt kilogrammes pesant. Le produit des bananes est donc à celui du blé, comme cent trente-trois est à un, et par rapport à la pomme de terre, comme quarante-quatre à un. Les bananiers se distinguent par l'élégance de leur port ; leurs racines se composent d'un grand nombre de fibres cylindriques, longues, surmontées d'un bulbe qui sert de tige, d'où s'élèvent les pétioles des feuilles

engaînés les uns dans les autres. Chaque feuille a soixante à quatre-vingts centimètres de surface, son milieu est formé par une
grande nervure d'où sortent des nervures secondaires, horizontales
et parallèles entre elles. Du centre des pétioles naît la hampe qui
supporte de très grandes fleurs. Une grappe des fruits jaunâtres,
longs chacun de vingt à vingt-un centimètres, succède à la fleur ;
cette grappe porte le nom de régime, elle est d'un volume énorme.
On connaît douze espèces de bananiers, dont les principales sont
connues sous le nom de bananier du Paradis et de bananier des
Sages. Le premier végète en Afrique et dans l'Inde, sa racine est
vivace, mais les feuilles périssent après la maturité des fruits. Les
lieux bas et humides sont favorables à sa végétation, là il acquiert
jusqu'à quatre mètres d'élévation. Le bananier des Sages est reconnu aux trois continents de l'Asie, de l'Afrique et de l'Amérique;
il se distingue de l'espèce précédente par ses feuilles plus aiguës,
ses fruits plus petits mais succulents et sucrés. La saveur de la
banane peut être comparée à celle d'un mélange de beurre, de fécule et de sucre. Les bananes se mangent crues ou cuites. Aux Antilles, en Afrique et dans l'Inde, elles forment la base des aliments
des nègres et du peuple ; on en retire une liqueur agréable lorsqu'elle vient d'être préparée, mais qui s'aigrit et fermente prompt-
tement. En écrasant des bananes bien mûres et les faisant passer
au travers d'un tamis pour en retirer la partie fibreuse, on obtient
une pâte avec laquelle on prépare un pain fort nourrissant. Cette
pâte, presque entièrement composée de fécule peut, lorsqu'elle est
sèche, se conserver longtemps.

Les fibres des pétioles des feuilles sont dures et résistantes ; on
les emploie pour faire des cordages ou les fils avec lesquels on fabrique différentes sortes d'étoffes. La jeune pousse du bananier
peut être mangée cuite ; enfin, les feuilles servent à couvrir les
toits des cases, et s'utilisent encore comme ustensiles de ménage.

Le ravenale ou arbre du voyageur, ressemble beaucoup au bananier ; les botanistes le rangent dans le genre Uranie. Cette magnifique plante, originaire de l'île de Madagascar, a un tronc
droit, qui ressemble à celui des palmiers, formé par la base des
pétioles des feuilles longues de six à sept mètres, larges de un
mètre dans leur milieu, organisées comme celles du bananier. Le
ravenale produit plusieurs régimes de fruits. Chaque fruit est une
sorte de capsule ou boîte contenant des graines ovales, noires, enveloppées d'une pellicule azurée. Les Madécasses (1) en tirent une

---

(1) Habitants de Madagascar.

farine qu'ils délayent dans du lait, et de la pellicule une huile fort douce. L'Uranie ravenale est d'un grand secours aux Madécasses lorsqu'ils parcourent l'intérieur de leur île. La chaleur du climat cause une soif ardente, et l'eau des marais, ainsi que celle des nombreux étangs, est malsaine; pour se désaltérer, les nègres coupent une feuille de ravenale, lui donnent la forme d'une coupe, puis, au moyen d'une entaille pratiquée dans le tronc, ils recueillent une eau limpide et douce, toujours fraîche, qu'ils savourent avec sensualité; cette eau est la sève abondante de l'arbre précieux. Un magnifique ravenale a longtemps fait à Paris l'ornement des belles serres de M. Boursault; je lui ai vu des feuilles de plus de six mètres de longueur.

L'arbre à pain, si célèbre par les récits de Cook, de Bougainville et des autres circum-navigateurs, est nommé Jaquier par les botanistes, qui le classent dans la famille des orties, section des artocarpées. Il y a plusieurs espèces de jaquiers répandues dans les régions intertropicales; quelques-unes sont arborescentes, d'autres s'élèvent jusqu'à trente mètres. Les fruits de ces végétaux ressemblent à ceux du mûrier, mais avec un volume considérable; plusieurs d'entre eux se soudent ordinairement ensemble. L'espèce la plus utile est le jaquier à feuilles découpées, rima, ou arbre à pain de Taïti. C'est un arbre, dont le tronc, de la grosseur d'un homme, acquiert une hauteur de treize à seize mètres. Son bois est mou, tendre et léger. Toutes ses parties, lorsqu'on les entame, laissent échapper un suc blanc, laiteux, visqueux, semblable à celui des figuiers. Les fruits de cette espèce sont du volume de la tête d'un homme, leur surface est raboteuse et couverte de saillies verdâtres. Leur pulpe est blanche, farineuse, jaunâtre lors de la maturité. Le jaquier à feuilles découpées est originaire de la côte de Malabar et des archipels de l'Océanie. Il croit aujourd'hui à Cayenne et aux Antilles où on l'a naturalisé. Cuits au four, les fruits du jaquier ont une saveur qui rappelle à la fois le pain de froment et la pomme de terre. Les insulaires de la mer du Sud s'en nourrissent pendant huit mois de l'année. Trois arbres suffisent pour la consommation d'un homme. L'écorce intérieure de l'arbre fournit des fibres susceptibles d'être converties en étoffes.

Le jaquier hétérophyle a des fruits si volumineux qu'un homme peut à peine les soulever; ils contiennent des amandes qui ont la forme et le goût de la châtaigne.

Le jaquier des Indes est cultivé aux îles Maurice et Bourbon, son fruit est peu agréable.

132   LES PHÉNOMÈNES DE LA NATURE.

Le jaquier velu est le plus grand du genre ; son bois sert à la menuiserie et aux constructions de pirogues. D'un seul tronc, les Océaniens tirent quelquefois des embarcations de trente mètres de longueur et d'une seule pièce.

Le café est le fruit d'un arbrisseau de l'Arabie heureuse ; il croit surtout dans la province de l'Yemama, près de la ville de Moka. Le caféyer appartient à la famille naturelle des rubiacées ou garances ; son tronc s'élève à une hauteur de trois mètres, et se divise en branches opposées, noueuses, un peu grisâtres ; ses feuilles conservent toujours une verdure agréable. Les fleurs du caféyer sont blanches et répandent une odeur semblable à celle du jasmin d'Espagne ; elles produisent une sorte de cerise d'un rouge noir à l'époque de la maturité, dont la pulpe entoure deux noyaux qui contiennent deux graines cartilagineuses, plates et marquées d'un sillon par le côté de leur contact, convexe de l'autre, et enveloppées d'une arille ou membrane très mince. Le caféyer a été introduit dans nos colonies américaines, où sa culture prospère. Les terrains les plus convenables au caféyer sont ceux des mornes peu arrosés par les pluies, et placés sur les pentes inférieures. Pour qu'une plantation réussisse bien, on doit lui choisir une position où la température ne varie que depuis le degré dix au-dessus de zéro, jusqu'au degré vingt-cinq du thermomètre de Réaumur. Quatre ans après avoir été plantés, les caféyers commencent à donner leur première récolte ; ils fleurissent deux fois, au printemps et à l'automne ; les fruits mûrissent en quatre mois.

On sépare les graines du café de leur pulpe par trois procédés différents. Tantôt on les expose au soleil en ayant soin de les retourner fréquemment. Tantôt on les laisse macérer pendant un jour ou deux dans l'eau avant de les chauffer au soleil ; le café ainsi préparé prend le nom de café trempé. Le dernier procédé, qui est le meilleur, consiste à faire passer les *cerises* par la grage, sorte de moulin qui enlève la pulpe et laisse les graines enveloppées dans leur arille. Le café gragé est préférable à celui qui a été préparé différemment.

Les poivriers sont des plantes tantôt herbacées, tantôt ligneuses et grimpantes, tantôt même arborescentes, qui forment la famille naturelle des pipéracées. Leur fruit, épice brûlante et recherchée, est un péricarpe mince, contenant une seule graine ronde. On connaît plusieurs espèces de ces végétaux. Le poivrier noir, natif de l'Inde, est cultivé à Java, à Bornéo, à Soumâthra et à Malacca. Les graines, revêtues de leur enveloppe, sont jaunes et connues dans le commerce sous le nom de poivre blanc ; dépouillées, elles sont appelées poivre noir. Le poivrier cubèbe est originaire des mêmes contrées ; il est sarmenteux et employé comme médicament. Le poivrier bétel est d'un usage général dans l'Inde, l'Indo-Chine et la Malaisie, où on mâche les feuilles mêlées à de la poudre de noix de palmier aréka et à un peu de chaux vive. Les fruits du poivrier long servent d'assaisonnement.

Je ne vous parlerai pas du camphrier et du cannelier, magnifiques plantes du genre laurier, originaires, le premier, de l'Indo-Chine et du Japon ; le second, de Ceylan ; je finis par l'historique des oupas, poisons horribles, et du rafflesia, géant des fleurs.

Il y a peu de végétaux sur lesquels on a écrit autant de fables extraordinaires et terribles, que le bohon-oupas, nom malais qui veut dire arbre à poison. Ces fables ont pour sources la relation fantastique de Foërsch, chirurgien hollandais, qui écrivit sur l'oupas en 1783, et les récits des soldats de la même nation, qui ont une frayeur désordonnée du kriss empoisonné des Malais. Il n'y a pas à Java une seule espèce de bohon-oupas, mais plusieurs. L'antiar, l'une d'elles, appartient au genre antiaris. C'est un arbre dont la tige s'élève jusqu'à trente mètres de hauteur, elle est parfaitement droite. Si l'on fait une incision à l'écorce, il en sort un liquide âcre, jaunâtre, qui produit sur la peau une éruption suivie d'inflammation. Le bohon-tieuté est une espèce de strychnos ; mais différente par son port de l'antiar, arbrisseau sarmenteux et rampant, il végète à l'ombre.

L'île Compagny, vers la côte septentrionale de la Nouvelle-Hollande, produit un antiar surnommé Macrophylla (à grandes feuilles), dont le suc est également vénéneux. La liqueur extraite des oupas, mélangée à d'autres substances, sert à tremper l'extrémité des kriss ou poignards malais, et la pointe de petites flèches qui se lancent avec une sarbacane. On a vu un chien expirer dans d'horribles convulsions une heure après avoir été frappé par une de ces armes fatales ; une souris blessée meurt en six minutes, un singe en sept, un buffle énorme en une heure et demie.

Le rafflesia est bien le végétal le plus singulier que produise la nature ; c'est une fleur de trois mètres de circonférence, pesant de sept à huit kilogrammes, dont la cavité peut contenir douze litres de liquide. Ce géant des fleurs n'a pas de tige non plus que de feuilles, mais une simple racine parasite qui se développe sur le tronc du cissus à feuilles étroites. Il s'exhale de ce végétal bizarre une odeur cadavéreuse, repoussante qui attire des essaims de mou-

ches A Soumâthra, on nomme le rafflesia, Krouboul, c'est-à-dire
grande fleur. Le docteur Blum a trouvé une seconde espèce du
même genre, qu'il nomme le rafflesia palma, dont le diamètre
n'est que de soixante-cinq centimètres.

Animaux.

De tous les animaux de la zone équatoriale, les plus singuliers
sont les singes, et parmi ceux-ci l'orang ou pongo, qui peut-être
en sera bientôt détaché pour former un ordre à part. Cet animal,
dont notre illustre naturaliste *Geoffroy-Saint-Hilaire* (1) disait, il y
a peu de temps : Est-ce un singe? est-ce un homme? est nommé
par les Malais orang-outang, ou homme des bois. Ainsi ces peuples
tranchent la question, et n'hésitent pas à l'admettre au nombre
des familles humaines. Sans être aussi hardi qu'eux, je pense que
l'orang est l'anneau qui unit l'homme à la brute. Etre placé sur la
limite de l'animalité simple, et de l'organisme animal associé à
une intelligence, l'orang a été doué d'un souffle animateur qui
est plus noble que celui qui produit l'instinct, mais moins, beaucoup moins parfait que la raison sublime départie au genre humain. Le nombre des espèces d'orang n'est pas encore bien limité ; plusieurs naturalistes ont décrit des êtres, les uns sous le

(1) Geoffroy-St-Hilaire (Étienne), né en 1772 à Étampes, mort en 1844, se
voua de bonne heure aux sciences naturelles Sur la proposition de Dauben-
ton, il fut nommé dès 1793 sous-démonstrateur au Jardin des Plantes ; trois
mois après, cet établissement ayant été réorganisé, il y devint professeur
administrateur, et fut chargé de la zoologie. Il ouvrit le premier cours qui
ait été fait en France sur cette science, commença les collections zoologi-
ques, et créa la ménagerie. De 1798 à 1802, Geoffroy fit partie de l'expédition d'Egypte ; il explora le pays conquis, et fut un des fondateurs et des
membres les plus actifs de l'Institut du Caire ; il sauva par son énergie les
collections scientifiques, qu'une capitulation abandonnait aux Anglais. Il
fut admis à l'Institut en 1807, et nommé en 1809 professeur de zoologie et de
physiologie comparées à la faculté des sciences. Il professa jusqu'à sa mort.
Purement zoologiste d'abord, Geoffroy travailla quelque temps de concert
avec Cuvier ; mais à partir de 1807, il s'en sépara. Un débat célèbre s'éleva
en 1830, au sein de l'Académie des sciences entre ces deux savants au sujet
de l'unité de composition ; le monde savant se partagea entre les deux anta-
gonistes. Le style de Geoffroy a du nerf et de l'éclat, mais est quelquefois
négligé, et par suite obscur. Son *éloge* a été lu à l'Académie, par M. Flourens.

nom d'orang, les autres sous celui de pongo, qui peut-être forme-
ront plus d'un genre. Parmi ces animaux l'orang-roux est celui
qu'on a eu l'occasion d'observer le plus fréquemment ; un jeune
individu existait il y a peu de temps à la ménagerie du muséum
d'Histoire naturelle de Paris, où il excitait vivement la curiosité.
M. de Rienzi, que je vous ai déjà cité, a possédé un orang-roux, et
ce qu'il en raconte est si intéressant, que je vais vous le répéter :

    L'angle facial de l'orang, dit-il, est de soixante à soixante-cinq
degrés, c'est-à-dire un peu inférieur à celui des Endamènes, des
Australiens, et des Hottentots-Boschimens. J'ai possédé un véritable orang-roux, environ trois mois ; il avait été rencontré au sud
de la baie de Maladou (île de Bornéo), et pris dans une trappe d'où
on l'avait tiré et amené à bord. Je l'avais acheté dix mattas ou
environ quarante francs. Il avait le nez large et plat, les yeux petits, enfoncés, la mâchoire inférieure très avancée, les oreilles élevées, le front déprimé et les os des joues semblables à ceux des
Mongols ; les dents grandes et fortes, offrant quelque ressemblance
avec celles du lion, la bouche très large et couleur de chair, le
visage grisâtre, la poitrine carrée, la face longue et blême, un très
gros ventre, de longs bras qui dépassaient ses mollets. Il était à
peine adulte, et cependant sa taille était d'un mètre trente de hauteur ; il se tenait habituellement accroupi, la tête penchée sur la
poitrine. Son corps était couvert d'un pelage roux fauve, assez
long, excepté à l'intérieur des mains, au ventre, au visage, aux
oreilles et au sommet de la tête, qui était un peu chauve.

    » Il avait été vu dans les bois avec d'autres orangs, marchant
fièrement armé d'une espèce de bâton contre les Dayas (1). A
bord, il marchait en s'appuyant à droite et à gauche à une cloison,
à un meuble, aux bastingages, aux mâts ou au cabestan du navire, et il grimpait lestement sur les vergues, et dans les haubans.

    » L'orang-roux diffère beaucoup des singes ; Bagous, c'est le
nom que j'avais donné au mien (2), n'avait ni l'irréflexion du ma-
caque, ni la férocité du babouin, ni la malice, le caractère hargneux
et les grimaces de la guenon, ni la pétulance du magot, ni la
malpropreté du sagouin ; il n'avait guère des nombreuses espèces
de singes que la faculté imitative.

    » Un Biadjou m'a dit que les orangs savent allumer du feu :
mais ce qui est certain, c'est qu'ils savent construire des cabanes

(1) Peuple de Bornéo.
(2) Bagous veut dire gentil en Malayou.

qui leur servent d'habitations ; qu'ils savent ramasser des crabes, des mollusques au bord de la mer, casser des moules sur un rocher, jeter des cailloux dans les tridacnes (1) entr'ouverts pour les empêcher de se refermer, et arracher ensuite l'animal sans danger, et que l'amour de ces êtres pour leurs petits est vraiment admirable.

» Bagous était docile, imitateur intelligent, affectueux envers moi et envers mon domestique qui le soignait. Son humeur était douce, sa physionomie portait l'empreinte de la mélancolie. L'orang est tellement brave et fort dans ses forêts, qu'il défie plusieurs hommes et les terrasse ; mais il s'assouplit facilement à notre éducation. J'avais dressé le mien, sans peine, à plusieurs usages domestiques, et ses habitudes étaient naturellement propres.

» Bagous mangeait volontiers du lait, des légumes, du riz, des fruits, du miel, du poisson et de la viande. Il buvait beaucoup de thé, et il était excessivement friand de confitures chinoises et de sucreries. J'en mettais quelquefois dans mes poches, et il ne tardait pas à me les voler. Il savait déboucher une bouteille, porter mon karpous ou bonnet malais et mon turban, fermait et ouvrait ma porte, faisait son lit, et, comme il était très frileux, il s'affublait de couvertures et de nattes, au point d'en suer. Un jour qu'il avait mal à la tête, il la serra spontanément avec mon schall et se coucha.

» Mon orang me servait à table ; il paraissait fier et satisfait quand je le faisais dîner avec moi ou fumer dans mon bouka, et il buvait volontiers un verre de vin de Porto à ma santé. Alors il ressemblait assez par les manières et par la taille, à un petit Endamène de la Nouvelle-Guinée, de l'âge de quinze à seize ans, qui aurait été muet.

» L'intéressant Bagous n'avait qu'un défaut, celui d'être un peu voleur ; mais il savait le faire oublier par d'excellentes qualités. D'ailleurs, devais-je exiger d'un orang-outang qu'il connût le droit de propriété, si peu respecté par un grand nombre d'hommes civilisés ? Un autre désagrément que j'avais encore à supporter de lui, quoiqu'il fût indépendant de son caractère, c'est que toutes les fois qu'il voulait m'exprimer sa joie, il faisait entendre un grognement rauque et précipité comme le claquement d'un fouet, en allongeant et haussant à la fois la mâchoire inférieure et la remuant avec vivacité· Ce grognement insipide et désagréable me désenchantait, malgré moi, de l'intérêt que je lui portais, à cause de sa gentillesse

(1) Grands coquillages

et de son bon naturel. J'eus le malheur de le perdre à bord. Tout
l'équipage le regretta, et moi, je le regretterai toujours. »

En voyant la physionomie expressive et mobile des orangs-ou-
tangs, l'intelligence et l'adresse avec laquelle ils exécutent tout ce
qu'on leur apprend à faire, on ne peut s'empêcher de les ranger
hors de la classe des simples animaux instinctifs; il n'est donc
pas étonnant que plusieurs peuples pensent que ces êtres sont de
véritables hommes. M. Klaproth, dans ses recherches curieuses
sur l'Asie, rapporte qu'un grand-prêtre de Bouddha envoya des
missionnaires pour convertir une peuplade d'orangs à sa croyance.

Le mutisme de ces animaux provient de la structure de l'organe
de la voix ; s'il eût été conformé comme celui de l'homme, il n'y a
pas à douter que les orangs n'eussent pu rendre leurs idées par
des sons articulés.

Je ne m'arrêterai pas sur les autres animaux mammifères de la
zone torride; éléphant, chameau, grands carnassiers, nous sont
trop familiers pour qu'il soit nécessaire d'en parler. Parmi les oiseaux, tous arrêteraient notre attention, soit par leurs chants, soit
par l'éclat brillant de leur plumage ou quelque forme singulière.
Dans la classe des reptiles, nous serions frappés principalement par
la masse énorme des boas et des pythons.

Les boas atteignent jusqu'à quinze mètres de longueur ; ils sont
remarquables par la faculté qu'ils possèdent de dilater outre-me-
sure leurs mâchoires et leur gosier. Dépourvus de venin, ces immenses reptiles n'en sont pas moins redoutables par leur force et
leur agilité. Ont-ils confiance dans la puissance de leurs muscles,
ils s'élancent sur la victime qu'ils convoitent et l'attaquent ouver-
tement. Redoutent-ils les chances du combat, ils se mettent à
l'affût, tantôt tapis sous de longues herbes, tantôt suspendus à la
cime d'un arbre touffu, ou cachés entre les joncs et les roseaux du
bord d'une source ; lorsque l'instant propice est venu, ils se précipitent rapides comme la foudre, enlacent leur proie dans mille
tortueux replis, l'étreignent, l'écrasent. broyent ses os, et après
avoir épié la dernière convulsion de l'agonie, ils enduisent la masse
informe de chair d'une salive visqueuse et fétide, distendent progressivement leurs mâchoires, puis l'engloutissent lentement. Une
partie du cadavre de la victime est digérée par le travail de l'es-
tomac, que le reste décomposé, exhalant une odeur infecte, n'est
pas encore entré dans la gueule du monstre. Des cerfs, des gazelles, des buffles, sont ainsi dévorés. Surpris pendant cette pénible
et laborieuse digestion, les boas restent immobiles, sans défense ;

il est facile de leur donner la mort. Les naturalistes admettent plusieurs espèces de boas. Le constricteur ou devin habite les régions chaudes de l'Amérique, les Guyanes, le Brésil, le Mexique. Le boa géant vit à Cayenne ; l'aboma habite Surinam ; le scytale toutes les contrées chaudes du Nouveau-Monde. La broderie se trouve aux mêmes lieux, et le boa mangeur de chiens, au Brésil.

Les pythons sont d'immenses couleuvres de la zone torride de l'ancien continent ; comme les boas d'Amérique, ils parviennent à une longueur de quinze mètres. Le python améthiste ou grande couleuvre des îles de la Sonde, se trouve à Java, à Soumâthra et à Bornéo. Enroulé au sommet d'un arbre ou autour d'un tronc, caché par des broussailles, le python épie le passage de sa proie ; en découvre-t-il une à sa portée, il s'élance avec tant de promptitude que la fuite est impossible ; semblable à l'hydre de Laocoon, il étouffe sa victime dans les nombreux orbes que décrit son corps gigantesque, puis il l'engloutit comme le font les boas. Nul animal, pas même le tigre, ne peut se soustraire aux étreintes de cette couleuvre monstrueuse, qui rend l'abord des forêts si dangereux. Les pythons de l'Afrique ne sont connus que par des relations vagues, mais ce qu'on en sait prouve qu'ils ne sont ni moins volumineux, ni moins terribles que les pythons de l'Asie.

Terminons cette esquisse du règne organique de la zone torride, par une classification des animaux et des végétaux, selon l'ordre des contrées qu'ils habitent.

Je commence par l'Afrique.

La Sénégambie et le Sénégal, situé à peu de distance de la limite du Saharah et près du tropique du Cancer, contrées dont la température s'élève jusqu'à trente-six et quarante-quatre degrés, ont une admirable et forte végétation. Là, se développent l'immense baobab, les cocotiers, les mangliers, le palmier élaïs, les bananiers, plusieurs espèces de robinia, un arbre encore innommé par les botanistes, qui ressemble au tulipier d'Amérique ; l'avicennia dont le port rappelle celui du cèdre, le poivre malaguette, le piment, le gingembre, le cotonier, l'indigo, l'ébénier, l'acajou, une quantité d'arbres dont les bois fournissent d'excellente teinture ; ceux qui produisent la gomme arabique, la gomme gayac, le copal, le suc d'euphorbe, le sang-dragon. Les plantes alimentaires de ces deux pays sont : le sorghum, le durra, le holcus bicolor, le riz, qui font partie de la famille des graminées. L'igname, le manioc, le dolique ligneux, le délicieux ananas, une variété prodigieuse de melons et de courges. Le tabac s'y trouve aussi en abondance. Parmi les fleurs on remarque les aloès, la balsamine, la glorieuse superbe, les tubéreuses, les lys, les amaranthes.

Les animaux qui peuplent cette contrée sont : l'éléphant, les gazelles, l'hippopotame, le lion, la panthère, le léopard, l'hyène, le chacal, le zèbre, la girafe ; parmi les singes, le jocko ou orang noir, le mandril, le dril, le magot, le chacma, les macaques, les guenons hamadryade, diane, moustac, blanc nez, calitriche, les makis galago ; le potos, la civette zibeth, le sanglier d'Ethiopie, le bœuf, le buffle, le mouton, la chèvre.

Les basses-cours des nègres renferment, outre nos volailles d'Europe, l'oiseau trompette, l'oie armée, l'oie d'Egypte, la pintade.

Dans les forêts, on remarque le magnifique héron-aigrette, des légions de perroquets, le vautour, quelques aigles, des essaims d'oiseaux du plus joli plumage.

Le python d'Afrique, le crocodile, les caméléons, une multitude de lézards se distinguent parmi les reptiles. Les insectes sont aussi nombreux que variés. Les termites et les abeilles surtout abondent.

Dans la Nigritie ou Afrique centrale, on retrouve les animaux et les végétaux de la Sénégambie, et en outre, parmi les plantes, le tamarin, le sycomore, le nebeck, le dattier, le blé, le millet. Les forêts humides abritent des rhinocéros.

Dans l'empire de Bournou il existe une quantité de végétaux qui n'ont pas encore été décrits. Les Arabes affirment que les forêts sont peuplées de singes plus grands que l'homme ; que les lions et les hippopotames y pullulent. Le lion y aurait pour ennemi un chat plus grand et plus fort que lui nommé kmilodan ; cet animal nous est inconnu. Il y aurait encore dans le Bournou un oiseau matzakweh, dont le plumage admirable éclipse les nuances les plus brillantes des autres oiseaux, et l'adgunon qui se rapproche de l'autruche par la taille.

Rien n'égale les richesses végétales du Congo ; les pelouses s'y émaillent de mille fleurs, les champs et les forêts sont parsemés de lys plus éclatants que la neige, de tulipes aux vives couleurs, de tubéreuses, de jacinthes, de rosiers et de jasmins. Les grains alimentoires y sont nombreux. Toutes les plantes potagères d'Europe abondent dans les jardins. Les végétaux particuliers à ce pays sont : l'ouvando, arbre qui donne des pois excellents, le msanguy, plante grimpante dont le fruit ressemble à nos lentilles par la forme et le goût ; le neubazam, qui produit une sorte de noisette ; l'inquoffo, espèce de poivre ; le dondo, aromatique comme la canelle ; le mamao, arbuste dont le fruit ressemble à une courge ; le citronnier mololo ; l'oranger nambrocha, l'oranger gegero, le colleva, le sandal chigongo, des cèdres, l'insanda, arbre toujours vert dont l'écorce sert à la confection d'étoffes très estimées ; le mulemba, qui a les mêmes usages, le liquieri et le campanano, dont on retire de l'huile ; les palmiers lataniers, matome, et le cocotier matoba.

Sur les côtes, on voit nager des troupes de lamentins, de dauphins et de requins. Dans les rivières, les crocodiles pullulent, ainsi que les lézards sur terre et les caméléons sur les arbres. Les pythons, l'amphisbène, le naraba, les n'harabi et lenta, infectent les savanes et le bord des eaux.

Pour les mammifères, ce sont les mêmes que ceux des contrées voisines. Parmi les oiseaux, on remarque l'autruche, le paon, les perdrix rouges et grises, la caille, le faisan, la grive, les veuves, le cardinal, le coucou-indicateur grand amateur de miel, qui célèbre par ses chants la découverte qu'il vient de faire d'une ruche d'abeilles sauvages ; chant de victoire qui attire l'homme et cause à l'oiseau la perte de son butin. Les perroquets, les tourterelles, les pigeons sont nombreux et variés au Congo.

Les beautés végétales ont été répandues au Cap avec profusion, je ne m'y arrêterai pas, vous en ayant déjà parlé avec détail dans un de nos précédents entretiens.

Les lions, les gazelles, les chacals, les chats-tigres, les hyènes, les zèbres, les quaggas, les éléphants, les rhinocéros à deux cornes, peuplent les terres désertes des environs du Cap de Bonne-Espérance et du pays des Hottentots; on y trouve par troupes le féroce buffle de la Cafrerie; l'oryctérope ou fourmilier d'Afrique est particulier à ce point du globe, de même que plusieurs chrysochlores, animaux semblables à nos taupes.

L'autruche, les vautours, le secrétaire, les flammingos, les loxias, qui déploient tant d'art dans la construction de leurs nids, sont les plus remarquables des oiseaux de la pointe méridionale de l'Afrique.

Sur la côte d'Aden, croissent mille arbustes aromatiques aux produits précieux, l'encens, la myrrhe, et d'autres peu connus.

En Asie, à l'opposite de la mer Rouge, le sol et le climat ont une grande analogie avec le sol et le climat de la côte d'Aden. On y retrouve l'encens; mais le caféyer, le baumier de la Mecque, sont particuliers à la terre fortunée de l'Arabie. La canne à sucre, le cotonnier, le bananier, le figuier d'Inde, le poivre bétel y sont cultivés ; le palmier latanier, le dattier, le cocotier y donnent leurs fruits. Parmi les arbres cultivés se trouvent l'abricotier, l'amandier, le figuier, la vigne, le cognassier, le palma-christi, le cassiaséné, l'oranger, le sycomore. L'amaranthe, le lis blanc, le pancratium, l'aloès, le styrax, le sésame, croissent naturellement. Le blé, le millet, le dourra, l'orge, la fève, couvrent les champs.

Le dromadaire est indigène d'Arabie, ainsi que la gerboise ; le lion, le chacal, la panthère, les gazelles, l'autruche, vivent en Arabie comme en Afrique. L'âne et le cheval qui s'y sont acclimatés depuis des milliers d'années, sont plus élégants et plus rapides que dans leurs contrées natales.

Dans l'Inde, la végétation ne change pas de type, mais elle devient abondante en espèces. *M. Ducler*, qui a dirigé avec succès pendant plusieurs années notre établissement de Karikal, sur la côte de Coromandel, en a rapporté plus de quarante espèces de grains légumineux comestibles, et de nombreuses variétés de riz.

Les plus belles fleurs indiennes sont la précieuse rose de Kachmyr, les rosiers du Bengale, la rose blanche koundja, le kadtumaligu ou jasmin à grandes fleurs, l'atimuca du Bengale, la tschambaga parfumée, le moussend au blanc feuillage que rehausse l'éclat de ses fleurs d'un beau pourpre, l'ixore, le sindrimal, le nyctanthessambac, le nymphea bleu, le nagatalli, redouté des serpents, le datura odorant.

Les végétaux utiles sont innombrables ; le lin, le chanvre, le tabac, l'indigo, le jalap, la salseparcille, le cotonnier, l'anis, le safran, le sésame, le pavot à opium, le poivre bétel, le poivre noir, le poivre cubèbe, la canne à sucre, les bambous, le cocotier, le palmier aréka, le bananier, le figuier des bananians qui, à lui seul est une forêt.

On y trouve aussi le pommier, le poirier, le prunier, le pêcher, l'amandier, l'oranger, le grenadier, l'abricotier, le mûrier, l'arbre à pain, le goyavier, le jambosier, le manguier, le mangoustan.

Dans les bois végètent des chênes, des sapins, des cyprès, des peupliers, des myrthes, des tamarindes, le teck, le ponna ou uvaria, le koru, le sagou, le dchissou, le nassaga ou bois de fer, l'azédarach, des robinia, du sandal rouge, des dracœna, des gommiers lacque et guttifer, des camphriers, des lauriers, canneliers, de bignonia, des guettardia, et le pandanus à l'odeur suave.

L'Inde abonde en singes cercopithèques ; on y trouve plusieurs espèces de gibbons, des chauves-souris roussettes, le balisaur qui tient de l'ours et du porc, l'ours malais, l'ours jongleur, le panda-éclatant, le lion, le grand tigre royal, le chat du Bengale, le léo-pard, l'once, le guépard, des ichneumons, des coatis, des civettes, des écureuils de plusieurs espèces, des pangolins, le bœuf gour, le zébu, le buffle arni, des cerfs, des antilopes, des chevrotains, des sangliers, l'éléphant indien, le rhinocéros, un tapir, le bélier argali, la chèvre à duvet. Une foule de serpents, dont le plus commun est le naja ou serpent du dieu shiva. Des crocodiles gla-vials, des tortues, des grenouilles monstrueuses peuplent les eaux et les marais.

Pour les oiseaux, ils sont si nombreux qu'il faut renoncer à en dresser la nomenclature ; l'extrémité sud de la péninsule indienne, nourrit rien qu'en perroquets plus de cinquante espèces ; parmi les oiseaux particuliers à cette contrée, on distingue le mango, l'ibis blanc, l'ibis à tête noire, le petit oiseau de paradis, l'ardea géant, et une multitude de hibous.

Dans l'Indo-Chine, les plantes de l'Indoustan continuent à vé-géter, on y rencontre en outre, le sandal blanc, le bois d'aigle, le calophillum, le nauclea, l'agalloche de la Cochinchine au feuillage pourpre en dessous, le tumeric colorant, le royoc, la lawsonie épi-neuse, dont le bois est rouge, le sapan, le rhizophore, le pimelia huileux qui entre dans la composition du vernis de la Chine, le croton à laque, le sébifère glutineux ou arbre à suif, le nerium anti-dyssenterique, le laurier culiban, le strychnos noix vomique, le tamarin, le litchy, le phyllodes placentaria, et l'amonum ga-langa.

Les forêts de l'Indo-Chine servent de retraite à l'orang-roux ; les autres animaux de cette contrée sont ceux nommés plus haut.

La Chine méridionale produit la plupart des végétaux de l'Indo-Chine ; on y retrouve de plus l'arbre à thé, le broussonetia ou mûrier à papier, les camélias, le schi-schu ou arbre au vernis, le tuya oriental, l'hibisque rose de Chine et l'hibisque chan-geante, les rosiers thé, des pins, des mélèzes, et plusieurs saules.

La Malaisie ou Polynésie, et en général l'Océanie, jouissent d'une végétation merveilleuse. Dans l'archipel malais s'élèvent l'élœocarpus aux fleurs élégantes, le cussonia à fleurs en thyrses, le canarium commun, l'averrhoa carambola, l'agati à grandes fleurs, l'abroma, l'érithrine arbre de corail, le muscadier, le giroflier, les poivriers, le camphrier, le cotonnier, le gingembre, la canelle, l'areck, le sagoutier, le gambier, le rotang, le bambou, le manguier, l'eugénia, le bananier, le jaquier, le goyavier, le tamarinier, le papayer, le dourian, les bohon-oupas, la rienziana, utile contre l'affreux choléra, l'ampiampi, le pandanus, etc.

Dans les iles océaniques poussent en abondance : le jaquier, arbre à pain, le cocotier, l'inocarpus châtaigne, les mimosas, les bambous, des fougères en arbre, le palmier parasol aux feuilles immenses, le tacca pinnatifide, la canne à sucre spontanée, le massenda, l'abrus à chapelet, le sandal, le spondias pomme d'évi, le vaquois, le kavoua, le poivrier methysticum, le gossipium religiosum, espèce de cotonnier, l'héritiera, le barring-tonia, le caryota urens, les cycas, etc.

A la Nouvelle-Hollande, la botanique offre les formes les plus élégantes ; on y trouve les métrosideros, les mélaleuca, les mimosa à feuilles étroites, le xantorea, le casuarima, le dacridium aux fleurs microscopiques, le cédrela austral, ou cèdre rouge, le castanospe mum, le caladium à racine charnue, l'hibisque hétérophyle, le flindersie austral, le céphalotes, plante dont les feuilles en forme de coupe sont toujours remplies d'eau. Enfin, l'immense eucalyptus, haut de soixante-dix mètres, au feuillage si léger qu'il ne donne pour ainsi dire pas d'ombre. Les protea, les espacris, les caustis, les restiacées croissent au pied de ces grands végétaux.

Les forêts de Kalatan ou Bornéo, de Soumâthra, recèlent l'orang-roux, le pongo à tête pyramidale, des gibbons, des éléphants, les rhinocéros unicornes et bicornes, le tapir maïba, le tigre, le léopard, le chat arimaou, des buffles, l'ours malais, le chevrotain, les jolies gazelles naines pelandok et kantchil, le sanglier babiroussa, le bœuf zébu, la grande roussette, l'écureuil tagouan, et les galéopithèques qui tiennent du singe par leurs formes et de la chauve-souris par leurs ailes.

Dans les iles Papouas, on voit d'immenses troupes de babihoutan, ou sanglier papou, des dassymes, etc.

Les kangarous, les phalangers, koalas, phascolomes, animaux à poches, peuplent l'Océanie et la Nouvelle-Hollande qui possède encore l'échidné et l'ornithorynque, quadrupèdes mammifères en apparence, quoique ovipares selon toute probabilité.

Les oiseaux sont encore à l'infini dans ces iles. On y trouve les mégapodes, le kasoar, des faisans argus, l'angang ou oiseau rhinocéros, des perroquets, des loris, des perruches, des kakatoès

blancs et noirs, des oiseaux de paradis, entre autres le superbe
dont on fait des aigrettes d'un haut prix ; l'oiseau papoua au plumage azuré, le maïnat-maïnou, dont les plumes brillent d'un bleu
métallique et la queue d'un jaune d'or brillant, le maïnant gracule,
qui prononce mieux que le perroquet, le loriot-prince régent, va-
rié d'un jaune d'or et d'un beau noir velouté, enfin des martins-
pêcheurs, des mouchesrolles, des kalaos, des cassicans, l'héoro-
taire aux plumes d'un rouge foncé, des merles, des colombes
vertes, le coucou de Maindanao, qui semble un damier volant, et
l'épimaque royal dont le plumage réunit l'émeraude, le rubis, le
jais et le saphir.

La zone équatoriale américaine possède des espèces végétales et
animales, différentes des espèces qui habitent les terres tropicales de l'Afrique et de l'Asie, mais ces espèces sont empreintes de
caractères semblables ; c'est une nature analogue quant à l'organisation, dont les seules différences portent sur des nuances extérieures. Ainsi les palmiers et les bananiers peuplent également
l'Amérique méridionale, et une de leurs espèc s, le ceroxylon an-
dicola, faisant exception à la loi générale, s'avance dans les Andes
à une limite hors de la température habituellement nécessaire aux
individus de cette famille. Autour des palmiers se développent
des hélicenia, des théophrasta, le baumier de Tolu, et des cin-
chona, qui fournissent le précieux quinquina. Les cactus donnent
une physionomie particulière à la végétation sud américaine ; cependant ils ont quelques analogues en Afrique et en Asie. Sur
les versants du plateau des Andes on trouve plusieurs espèces de
cincho a, des liliacées, entre autres le cypura, le sysyainchium ;
on y voit aussi des mélastomes, des passiflores en arbres hauts
comme nos chênes, des thibaudia, des fuschia, de majestueux
macrocuemum et lysianthus. Dans les replis du terrain se cachent
à l'ombre, sur le bord des eaux, le gunnera, le dostenia, des oxa-
lis et une multitude d'arum. En escaladant les Andes, la végétation
change et se rapproche de celle des climats tempérés ; arrivé à
dix-sept cents mètres au-dessus du niveau de l'Océan, on rencontre le porliera, le citrosma, les symplocos et quelques mimosas ;
à deux mille quatre cents mètres commence la région des acæna,
dichondra, hydrocotyles, nerteria, alchemilla. Là finit la région
des chênes, dont les troncs sont souvent enlacés par l'épidendrum
vanille. A trois mille cinq cent quatre-vingt-dix mètres on ne
trouve plus que des arbrisseaux, des berberis, duranta, barnade-

sia, des daturas en arbres. A quatre mille sept cents mètres cesse toute végétation, h rmis celle des mousses et des lichens.

A la base du plateau des Andes, dans les plaines et les vallées, vivent le jaguar, le couguar, qui sont les représentants des lions et des tigres de notre zone torride ; les cavia, les fourmiliers, les singes alouates, les atèles, les sapajous, et autres hélopithèques, des géopithèques et des arctopithèques. Là se trouvent encore les immenses boas, et les crocodiles caïmans. Plus on s'élève, plus les espèces animales, comme nous venons de le voir pour les végétaux, s'éloignent du caractère des animaux torridiens. A mille mètres les chats, les boas, ont disparu : il s'y trouve encore quelques singes, mais beaucoup de tapirs, de chats margay, de sangliers tajassu. A deux mille mètres, il ne reste plus de singes, c'est la région du cerf mexicain, de l'ocelot, des ours et du grand cerf des Andes. A trois mille mètres vivent l'ours à front blanc, le chat puma et des civettes. A quatre mille mètres paraissent les troupes nombreuses de lamas, les vigognes, de guanacos et d'alpagas, et le condor ou vautour gryphon plane dans les airs.

La végétation des Andes du Chili, n'est pas parfaitement connue, parce que les botanistes ne l'ont pas étudiée ; on sait seulement que les pentes des montagnes sont couvertes d'arbres magnifiques dont le bois est odoriférant, et qui paraissent être des cèdres. Un missionnaire fit avec le bois d'un seul de ces arbres une église de plus de vingt mètres, il en tira les poutres, la charpente, les lattes, tout le bois nécessaire pour les portes, fenêtres, autels, et deux confessionnaux. Deux espèces de myrtes parviennent à une hauteur de trois mètres, les oliviers acquièrent treize mètres de circonférence ; les herbes cachent le bétail dans les vallées. On récolte dans les jardins des pommes de la grosseur de la tête, et des pèches qui pèsent un demi-kilo. Le Chili nourrit une espèce de castor qui ne bâtit pas comme celui du nord ; une loutre, un écureuil et le précieux chinchilla sur le haut des Andes. Une espèce d'insectes y étend sur les arbres aromos de vastes réseaux de fils soyeux, blancs et brillants comme de l'argent ; les feuilles des cactus y servent d'habitation à la cochenille.

Si nous descendons des plateaux vers les plaines basses et chaudes, les bambous, les souchets, les hautes graminées, les fougères, les palmiers, toutes les plantes tropicales reparaissent ; les rivages se couvrent de palétuviers, les collines de crotons, de bignonia, de passiflores, d'acajou, de guirapariba, d'iccia à sept feuilles, de copahu, de jacas, de couroupitau, dont les fruits ressem-

10

blent à des boulets de canon pour la forme et la dureté; les aloès, les lianes, les buissons épineux embarrasent les forêts. A la Guyane, on trouve le wourara, arbre à poison non moins dangereux que les oupas de la Malaisie, le *licaria* ou bois de rose, le bagassier, le panax, le faramier, l'ourrate, le mayèpe qui répandent au loin une odeur balsamique, des magnolias, des tulipiers, le patavoua qui peut abriter une maison sous son feuillage, le vouay dont les grandes feuilles servent à couvrir les habitations.

Dans les forêts de ces plaines basses vivent des milliers de singes, tous différents de ceux de l'ancien monde ; les uns se balancent suspendus par leur queue qui est pour eux une cinquième main ; les autres, armés d'ongles tranchants conformés comme ceux des ours, se réfugient sur les cimes les plus élevées, où le peu de pesanteur leur permet de s'y ébattre en sûreté; d'autres, faibles, mais pleins d'instinct, vivent cachés dans les buissons, les troncs creusés par le temps, les cavités du sol. Ces êtres servent de pâture au jaguar, au couguar, à l'eyra, à l'yaguorundi, tigres et panthères d'Amérique. Les forêts recèlent encore des tapirs, des fourmiliers tamandua et tamanoirs, des coatis, des mouffettes, des gloutons, des sarigues, des agoutis, des cobayes, des cabiais, des cerfs, chevreuils, etc. Les hautes herbes cachent les boas, les serpents à sonnettes, et les eaux sont les retraites des terribles alligators et caïmans.

Les oiseaux sont du plus beau plumage, il suffit, pour en donner une idée de nommer les colibris, les oiseaux-mouches, les aras, les perroquets, les contingas, etc. Tel est, en résumé, l'esquisse des productions de la zone torride, résumé bien succinct, car la nomenclature complète des végétaux et des animaux de cette zone, formerait à lui seul un volume.

III. — Végétaux et animaux des zones tempérées.

La zone tempérée n'a pas été aussi favorisée que la région centrale du globe, surtout la zone tempérée boréale; car dans celle de l'hémisphère opposée les végétaux équatoriaux s'avancent beaucoup plus loin. Ainsi, à la Nouvelle-Zélande, qui est à peu près à la même latitude que Paris, on trouve encore un dracœna, plante organisée comme les palmiers ; les autres végétaux importants sont : le phormium tenax, qui donne le plus beau lin du monde, le podocarpus, le dacridium, le phyllocladus, et plusieurs autres qui n'ont pas encore reçu le nom des botanistes, tels que le demou, le karaka, le maï-tao, etc. Cette terre a donné à l'Europe un excellent légume vert, la tétragone ou épinard de la mer du Sud. Les animaux de la zone tempérée australe, sont des cochons et des chiens dans l'intérieur des terres ; sur les côtes, des phoques ; au large quelques baleines, dauphins et cachalots. Les oiseaux sont nombreux, surtout les oiseaux de mer, tels que les pétrels, les manchots, les albâtres, les oies et les pingouins.

Dans la zone tempérée boréale, nous trouvons les palmiers, les bananiers vers la limite des régions tropicales en Amérique, en Perse, en Syrie, en Grèce, où ils sont déjà rares; mais cette zone est la patrie des chênes, des peupliers, des érables, des hêtres, des ormes, des tilleuls. La vigne, l'olivier, les pommiers, les poiriers, cerisiers, pruniers, abricotiers, pêchers, amandiers, noyers, châtaigners, en sont indigènes. Les bouleaux, les sapins, les arbres verts y vivent d'autant mieux qu'ils s'avancent davantage vers la zone glaciale. Les végétaux comestibles sont nombreux dans cette zone : les pois, haricots, asperges, le chou, les raves, les navets, les fèves, les lentilles, les épinards, les artichauts, les oignons, s'y plaisent dans toute son étendue. Les céréales de cette zone sont : le blé, le seigle, l'orge, l'avoine, le maïs, le millet. En Europe, en Asie et en Amérique, la végétation de la zone tempérée a partout le même aspect, le même port; elle se distingue par l'éclat de sa verdure, les plantes appartiennent aux mêmes genres, elles ne diffèrent que par les espèces.

Parmi les animaux de cette zone, le chameau à deux bosses est originaire de la Bactriane et des terrains sablonneux de la haute Asie ; le cheval et l'âne, répandus aujourd'hui partout, sont indigènes des steppes sablonneuses asiatiques, où on les trouve encore à l'état sauvage. Le bœuf, vu son utilité, a été réduit en domesticité et acclimaté depuis le nord jusqu'au sud ; il diffère des espèces dont j'ai fait mention au nombre des animaux de la zone torride ; dans le climat tempéré américain, le bison n'est pas de l'espèce de nos bœufs, qui descendent de l'urus des antiques forêts germaniques. Le moufflon, la chèvre, le bouquetin, le chamois, le cerf, le daim, le chevreuil, se trouvent dans toute l'Europe ; l'Amérique a des espèces semblables particulières, et de plus l'élan, qui lui est commun avec l'Europe. L'ours brun appartient à notre continent, le noir et d'autres espèces à l'Amérique. Le renard commun s'est répandu dans la partie de la zone tempérée qui se prolonge en Europe et en Asie ; il en est de même du blaireau, du lièvre, du lapin ; l'Amérique a encore des espèces analogues mais particulières. Le lion, la panthère, le chacal, le lynx, se trouvent en Asie et en Afrique, dans les cantons limitrophes des terres intertropicales. Les écureuils, la tribu immense des rongeurs est aussi répandue sur toute la surface du globe comprise dans l'hémisphère nord, entre la zone tropicale et la zone polaire. L'Yack, le chevrotin porte-musc, quelques singes se trouvent dans cette zone, en Asie seulement ; la loutre et le castor se partagent l'Europe, l'Amérique et l'Asie.

Les passereaux, surtout les moineaux, alouettes, rossignols, pinsons, chardonnerets, bouvreuils, pies, les hirondelles, les faisans, les cailles, perdrix, pigeons ; l'aigle, l'épervier, les chouettes, les grues, les bécasses, etc., etc., peuplent les champs aériens dans la zone tempérée, les eaux y abondent en poissons, moins brillants et moins nombreux cependant que dans les eaux tropicales.

IV. — Végétaux et animaux des zones polaires.

Sous le ciel sévère et âpre des régions polaires, la vie semble s'éteindre ; le nombre des espèces végétales et animales est excessivement borné, les formes s'altèrent, la taille s'étiole et se rapetisse. Au-delà du cercle polaire, les mousses, les lichens, les fougères, les champignons abondent ; mais on ne voit d'arbres que quelques bouleaux et des saules qui ne s'élèvent pas à plus d'un mètre ; les arbustes à baies, tels que les vaccinium, les groseillers, y sont nombreux. Le seigle et quelques légumes végètent encore dans ce climat ingrat. .

Les animaux de la zone glaciale sont : l'ours polaire ou blanc, le renne, le glouton, le renard bleu ou isatis, le rat lemming, des loutres, des martes, surtout la zibeline et l'hermine, de nombreux phoques, la baleine et le cachalot. Ces deux espèces de cétacés, autrefois nombreux dans nos mers du nord, ont été presque entièrement détruites par les pêcheurs ; ou bien, fuyant devant l'homme, elles se sont retirées au milieu de retraites glacées où nos vaisseaux ne sauraient les atteindre : c'est dans l'hémisphère austral, aux extrémités les plus reculées du globe, qu'il faut aujourd'hui chercher les baleines en affrontant les tempêtes et les dangers sans nombre de ces mers lointaines.

V. — Des races humaines.

L'Écriture sainte rous enseigne que tous les hommes descendent d'un même père et d'une même mère ; cependant, nous voyons aujourd'hui une si grande diversité parmi les membres de la famille humaine, que l'on est tenté d'admettre au premier abord plusieurs créations. Quelques naturalistes du plus profond mérite n'ont même pas hésité d'enseigner que chaque partie du globe terrestre avait eu une ou plusieurs créations humaines. Cette doctrine n'a rien qui puisse tendre à rabaisser la puissance divine ; mais comme elle est contraire à la révélation, il faut, avant de prononcer sur une si grave question, examiner si quelques influences extérieures ne suffisent pas pour modifier tellement l'organisme humain, qu'elles n'aient pu déterminer les différences qui forment aujourd'hui les races. Or, ces influences extérieures sont nombreuses, et parmi les principales se trouvent le climat et les habitudes de la civilisation.

S'il y avait plusieurs races diverses d'origine, on verrait des nuances très tranchées dans le caractère moral, dans les passions des hommes, nuances aussi profondément empreintes et aussi distinctes que celles qui naissent de l'organisation physique. Cependant l'homme est partout le même moralement. Sous toutes les latitudes, sous toutes les zones, ce sont toujours les mêmes passions, les mêmes mobiles d'action, variés seulement en raison du développement plus ou moins grand de l'intelligence, développement dont l'état de civilisation est la cause déterminante.

Si l'on examine de bonne foi les faibles modifications d'organisme que l'on trouve parmi les peuples des cinq parties du globe, on conviendra qu'elles sont trop légères pour en faire les caractères distinctifs de genres divers ; de tels caractères seraient rejetés s'il s'agissait de plantes ou d'animaux ; on ne les considérerait que comme établissant de simples variétés. Pourquoi l'esprit de système regarde-t-il comme caractères suffisants, quand il s'agit de l'homme, ce qu'il rejetterait s'il s'agissait d'un autre ordre ?

La couleur de la peau, de manière d'être, des cheveux, ce sont là les nuances les plus tranchées sur lesquelles on s'appuie. Le climat seul suffit pour les produire. Le froid excessif et la chaleur brûlante modifient à peu près de même la peau humaine et lui donnent la teinte noire ; voilà pourquoi le nègre se trouve dans les sables de l'Afrique, et pourquoi aussi l'homme polaire a la peau très foncée. C'est une action analogue à celle de l'exposition de notre corps à une forte chaleur ou à un froid excessif, dont la brûlure, si l'on peut parler ainsi, est le résultat. Un membre exposé au feu ou au froid de plus de soixante degrés au-dessous de zéro, éprouve la même sensation, la même désorganisation. Une preuve, que la chaleur intense produit la nuance noire de la peau, c'est qu'au royaume de Loango,, dans le Congo, il existe une peuplade juive devenue *nègre*, qui a conservé sa langue maternelle, sa religion et ses usages. Là, comme sur le reste du globe, elle vit isolée et sans s'allier aux races qui l'entourent. Dans notre Europe, en examinant la physionomie des peuples, nous pouvons nous convaincre de l'influence de la civilisation sur les caractères physiques de l'homme ; qui ne saurait à la première vue reconnaître un Anglais, un Espagnol, un Russe? L'Anglais surtout a un caractère particulier, c'est l'allongement de la mâchoire inférieure, et la disposition des dents, due à la fréquente prononciation du *th*.

On peut facilement établir sept variétés humaines : 1° L'Indo-Européenne ; 2° l'Indo-Chinoise ; 3° la Mongolique ; 4° la Malayou ; 5° l'Éthiopique ; 6° l'Arctique ; 7° la Papoua.

La variété Indo-Européenne est ainsi nommée parce qu'elle s'est répandue primitivement dans l'Inde jusqu'en Europe. Ses caractères physiques sont : la peau naturellement blanche, mais se nuançant de brun à l'action des rayons solaires, un crâne plus large d'avant en arrière que de droite à gauche et formant dans la première direction une courbe régulière ; le front large, par suite du grand développement de l'intelligence.

En considérant ensuite les divers systèmes de langues des peuples Indo-Européens, on peut les rapporter à trois branches et huit familles : 1° branche orientale subdivisée en famille zend et famille araméenne ; 2° branche pélasgique, subdivisée en famille caucasique et famille pélasgo-italique ; 3° branche Indo-Germanique subdivisée en famille indoue, famille gallique, famille slave et famille teutonique. Toutes les langues parlées par les peuples de cette variété, sont polysyllabiques, elles peuvent se rapporter les unes au sanscrit, les autres à l'araméen ou idiome sémitique.

La variété Indo-Chinois habite depuis l'Inde jusqu'à la grande muraille de la Chine : on la reconnait à sa peau jaunâtre ou d'un blanc de cire mat, à ses yeux obliques relevés par leur angle externe et fortement bridés par un replis de la peau, à ses pommettes saillantes, son crâne arrondi et saillant latéralement. Les langues indo-chinoises sont toutes monosyllabiques, et s'écrivent en caractères idéologiques, c'est-à-dire représentant des idées et non des sons. Les peuples indo-chinois sont : les Chinois, les Thibétains, les Siamois, les Birmans de Pégou et d'Ava, les Cabodgiens et les Tonquinois.

La variété Mongolique, dominatrice de l'Asie orientale-septentrionale et du plateau asiatique, a la peau d'un jaune brun, le crâne arrondi, la face large, les yeux obliques et tellement écartés l'un de l'autre, qu'il y a entre eux la largeur de trois traverses de doigt. Les Mongols d'Asie ont les extrémités inférieures grosses, courtes et arquées. Les langues mongoliques sont polysyllabiques. Les Japonais et les Koréens sont un mélange de Mongols et d'Indo-Chinois ; les Mantchous proviennent de Mongols et d'Indo-Germains, leur langue est riche en monuments littéraires, elle renferme des racines sanscrites, grecques et teutoniques.

Ce n'est pas l'Asie seulement que les Mongols ont peuplée, mais encore une partie de l'Amérique. Les Aztèques, les Acolhues, les Toultèques, les Chichimèques, les Zaques, les Péruviens, les Botocudos, sont des Mongols. Les Toultèques sont évidemment des émigrés de Sibérie, d'où un peuple inconnu a disparu lors des migrations des Hiong-nou, et a laissé des monuments semblables à ceux du Mexique. Les Chipiouans conservent des traditions de leur sortie d'Asie. Georges de Horn, dans son livre de *originibus Americanis*, avance, et non sans quelques preuves, que Manco-Capac était un prince chinois, qui s'était exilé avec plusieurs milliers de ses sujets pour éviter le joug du tartare Kublaï-kan

La variété Malayou paraît être le résultat d'un mélange des Indo-Chinois et des Indo-Européens ; aussi la forme du crâne des Malais tient-elle le milieu entre la forme du crâne des hommes des deux variétés indo-européenne et indo-chinoise. Les nuances de la peau des hommes de la variété Malayou sont nombreuses à cause de la diversité des climats; elle passe par plusieurs teintes depuis le brun clair presque blanc, jusqu'au rouge cuivreux. La variété Malayou peuple la Malaisie, la Micronésie, la Polynésie et l'Amérique où elle a formé les tribus à peau rouge.

On reconnaît les hommes de la variété Ethiopique à la couleur noire de leur peau ; cette couleur n'a pas cependant une teinte uniforme, et elle est d'autant plus foncée que les Ethiopiens sont plus près de l'équateur ; une nouvelle preuve de l'influence de la chaleur sur sa production, c'est que les montagnards Abyssins sont parfaitement blancs. La cause de la couleur réside dans le tissu muqueux de la peau, l'abondance du calorique pénètre cette membrane sous la zone torride, quand les rayons solaires sont réfléchis par un sol sablonneux, détermine dans le sang l'afflux du carbone et de l'hydrogène, et la peau étant le centre le plus actif de sécrétion dans ce climat, c'est dans son tissu que ces substances se déposent, et elles s'y fixent par une sorte de précipité.

La variété Ethiopique se divise en trois branches : 1° la branche nègre à la peau très noire et aux cheveux laineux et crépus ; 2° la branche cafre, à la peau d'un noir grisâtre, qui se compose des Cafres et des Hottentots ; 3° la branche abyssine, dont la peau est noire, mais les cheveux longs et presque soyeux.

Les hommes de la variété Arctique, sous les noms de Kamtchadales, Lapons, Ostiaks, Groënlandais, Esquimaux, habitent autour du pôle arctique ou pôle nord. Ils ont un crâne très convexe, des cheveux d'un brun roux, le visage large et plat, la peau d'autant plus noire qu'ils habitent une latitude plus élevée.

La variété Papoua est moins nombreuse et moins répandue que les autres ; reléguée dans quelques îles de la Malaisie, dans la Papouasie et dans l'Australie, elle se distingue par la teinte noire grisâtre de sa chevelure et dans une de ses branches par le peu de développement des extrémités intérieures. Cette variété se subdivise en deux branches, la Mélanésienne et l'Endamène. Les hommes de la branche Mélanésienne sont bien conformés, leur physionomie est régulière, elle ressemble à celle des Indo-Européens, ils habitent la Nouvelle-Guinée et les îles voisines. Les Endamènes sont répandus dans l'Australie, la terre de Van-Diémen et l'archipel Endamen du golfe de Bengale ; ils sont plus faibles que les peuples Mélanésiens ; leur visage est plat et désagréable, leurs membres inférieurs minces et hors de proportion avec la poitrine et les membres supérieurs.

A ces sept variétés, on rapporte aisément tous les peuples du globe, en les disposant par familles, dont les rapports de langage déterminent les différents groupes.

FIN.

TABLE

TABLE

—

PREMIÈRE PARTIE

———

DEUXIÈME PARTIE

TROISIÈME PARTIE

FIN DE LA TABLE.

LIMOGES — Imp. E. ARDANT et Cie

VOYAGE

DE

LA PÉROUSE

AUTOUR DU MONDE

1785 A 1788

PAR E. DU CHATENET.

LIMOGES

EUGÈNE ARDANT ET Cᵉ, ÉDITEURS

www.ingramcontent.com/pod-product-compliance
Lightning Source LLC
Chambersburg PA
CBHW051138260626
47170CB00005B/1865